아주 사적인
고백과 거짓말

ROMAN
COLLECTION
007

아주 사적인
고백과 거짓말

이지영 소설

나무옆의자

차 례

사랑이 착각에서 비롯된 것이고

추억 또한 왜곡된 허상에 지나지 않는다면

생을 지탱해주는 건 자신에게 하는

어떤 거짓말일지 모른다.

1

유난히 비가 많이 내리는 가을이었다. 황사가 심한 지역이라 비에 섞인 모래가 타닥타닥 장작 타는 소리를 내며 창틀에 부딪었다. 수는 난로에 불씨를 남겨놓은 채 집을 나섰다. 우산을 들고 나왔지만 그것을 펴는 대신 점퍼에 달려 있는 후드를 뒤집어쓰고 아파트 단지 앞 상가까지 총총걸음으로 내달렸다. 그곳엔 언제나처럼 택시 두어 대가 서 있었다. 수가 맨 앞에 서 있는 택시 뒷좌석에 올라타자 담배를 피우던 기사가 꽁초를 창밖으로 내던졌다. 콧구멍과 입술 부근은 인두로 지진 것처럼 살갗이 엉겨 있었고, 목덜미와 팔목에는 울긋불긋한 물집이 잡혀 있었다. 매번 바뀌는 택시들과 달리 저 치는 항상…… 있었

다. 하필이면……. 수는 입안으로 속엣말을 굴리며 창밖으로
시선을 던졌다.

세상이 구정물을 뒤집어쓴 누망 같아.

택시가 모퉁이를 돌자 황량한 시골 마을이 한눈에 들어왔다.
금방이라도 허물어질 것 같은 야트막한 담벼락과 서 있는 채로
죽어버렸는지 사시사철 잎이 돋지 않는 나무들은 매일처럼 보
아오는 풍경인데도 수에게는 비현실적으로 여겨졌다. 볕이 좋
은 날이면 허리가 굽은 노파들과 한쪽 다리가 잘린 떠돌이개
도 심심찮게 마주쳤는데 하나같이 눈동자에 경계와 슬픔의 빛
이 섬뜩하고 날카롭게 서려 있었다. 그도 그럴 것이 도로가 뚫
리고 소도시로 개발된다는 풍문이 퍼지면서 시골 마을 부근에
는 외지인들이 하나둘 늘어갔다. 수도 그중에 한 사람이었다.
비록 난방이 들어오지 않지만 새로 지은 아파트의 전세금이 터
무니없이 싸지 않았다면 수는 망설였을지도 모르겠다. 하기야,
그때는 앞뒤를 잴 형편이 아니었다. 수는 중국의, 그것도 이름
마저 생소한 시골 마을에 홀로 이삿짐을 풀면서 이곳엔 잠시

머무는 것뿐이라고, 그러니 괜찮다고 스스로를 다독였다. 더군다나 당신이 지척에 있지 않은가.

그렇게 한 해가 흐르고 또 한 해가 흐르고……. 그때마다 이번이 마지막이라는 맹세 또한 한 해, 한 해 더해갔다.

작업실 앞에는 세 명의 여자가 도착해 있었다. 우산에 가려져 자세히 보이진 않았지만 자주색으로 머리를 염색한 여자와 패딩 점퍼를 입은 여자는 낯이 익었고, 한 명은 처음 보는 얼굴이었다. 스물은 되었을까? 어깨에 닿을락 말락 한 단발머리에 허벅지까지 내려오는 카디건을 입고 있는 모습이 여리고 앳되어 보였다. 자주색 여자와 패딩 여자와는 모르는 사이인지 뒤편에 멀찌감치 떨어져 서 있었다. "늦었어요." 택시에서 내리자마자 수는 우산을 펼 겨를도 없이 작업실 철문 개폐기에 열쇠를 꽂았다. 구멍에 녹이 슬어 있는 탓인지 열쇠가 잘 돌아가질 않았다. 그렇다고 빠지지도 않았다. 보다 못한 패딩 여자가 개폐기 윗부분을 주먹으로 쾅쾅, 쾅! 내리쳤다. 그러자 거짓말처럼 열쇠가 돌아가며 철문이 열렸다. "기름칠 좀 하라니깐!" 수는 어색하게 미소를 지어 보이며 작업실로 들어섰다.

퀴퀴한 냄새가 감돌았다. 수는 전등불을 켜고 커피포트에 생수를 부었다. 전등만으로는 밝기가 시원치 않아서 6촉 전구를 곳곳에 달아놨더니 그 빛이 벽에 걸어놓은 퀼트와 어우러지며 바깥세계와는 다르게 한결 포근하게 느껴졌다. 앳되어 보이는 여자가 작업실로 들어서지 못한 채 철문 너머에서 그것을 신기한 듯 쳐다보고 있었다.

"어서 문 닫아! 살쾡이 들어올라."

패딩 여자가 소리를 지르자 여자는 그제야 우산을 접으며 쭈뼛쭈뼛 작업실 문지방을 넘었다. 자주색 여자와 패딩 여자는 중앙에 놓여 있는 6인용 테이블에 자리를 잡고 앉아 있었다. 패딩 여자가 "수컷이라면 또 모를까."라고 덧붙이면서 가방에서 실뭉치를 꺼냈다.

"와요? 수컷이면 그노마 데려다가 뭐하실라꼬요?"

자주색 여자는 경상도 사투리로 받아치면서 뭐가 그리 재미있는지 경박스럽게 웃어댔다.

"아니 저기, 어떤 사내가 어슬렁거리는 걸 봤거든."

"싸내요? 그래서 우리 성님이 꼴리셨꼬만. 콱 보쌈이라도 해

오시지 그랬어요? 구경이라도 하게."

수는 머그잔에 커피를 따르며 오늘은 음담패설로 포문을 열려는 모양이라고 생각했다.

작업실은 개활지에 있는 폐거물을 개조한 거였다. 누군가 살았던 흔적이 남아 있긴 했지만 오래전에 버려진 곳이라고 했다. 수는 퀼트나 손뜨개 재료를 보관하고 판매할 요량으로 그곳을 헐값에 매입했다. 그러다가 알음알음 모여든 여자들의 요구와 입김으로 여기까지 오게 된 것이다.

수의 작업실에서 손뜨개나 퀼트를 배우는 여자들 대부분은 한국인이었다. 여자들은 실을 엮고 조각천을 잇는 것보다 말과 말을 엮고 소문과 소문을 잇는 솜씨가 더 탁월한 것 같았다. 주로 음담패설이나 누군가에 대한 험담에 불과했지만 말이다. 수는 대화에 끼지 않으려고 무관심한 태도로 일관했다. 하지만 그런 여자들을 이해 못 하는 바는 아니었다. 의미 없이 흘러가는 시간에 질식해 죽지 않기 위해 금붕어처럼 쉴 새 없이 입을 뻐끔거리며 아무 말이나 내뱉는 것이리라. 모르긴 몰라도 마음속에는 누구에게도 터놓지 못한 응어리 몇 개쯤 품고 있을 터였다. 그렇지 않은 사람이 어디 있겠느냐고 반문할지 모르지만, 생뚱맞게 서 있는 아파트 말고는 딱히 갈 데도 없고 스스로 이방인이 되기를 자청하며 음산하기 짝이 없는 시골 마을로 흘러들어오려면 웬만한 무게의 사연 갖고서는 어림도 없기 때문이었다. 실제로 여자들은 하나같이 가족이 없었고, 한국에서 무슨 일이 있었는지 아무런 목적도 없이 마치 유배의 시간을 보내고 있는 듯했다.

그런 상처들을 외면하기 위해, 혹은 들키지 않기 위해 지레 바리케이드를 치는 것일 수도 있겠다. 그래서인지 여자들은 허세가 심했고 별것 아닌 일에도 쉽게 화를 냈다. 자신이 하는 말에 딴죽을 걸거나 조금이라도 심사를 건드렸다 싶으면 주체할 수 없을 정도로 소리를 질러대며 맹수보다 더 사납게 길길이 날뛰었다. 봉인이 느슨해진 틈을 타서 억누르고 있던 분노가 스프링인형처럼 튀어나와 정체를 드러내는 순간이기도 했다. 그에 휘둘리지 않기 위해 수는 감정의 끈을 단단히 동여매어야 했다.

수는 커피를 들고 끄트머리에 앉아 있는 여자에게로 갔다.

"어떻게 알고 오셨어요?" 그제야 얼굴을 보았는데 하얗다 못해 푸르스름해진 낯빛에 겁이 많고 수줍음을 잘 타는 성격 같았다. 여자는 시선을 내리깔며 쉽사리 말문을 트지 못했다. 수는 더 이상 묻지 않고 손뜨개와 퀼트 도안을 정리해놓은 파일노트 두 개를 여자에게 밀어주었다. "여기서 고르시면 돼요." 모르긴 몰라도 다른 여자들 기세에 눌려 오래 버티지 못할 성싶었다. 수는 아무래도 상관없었다. 어차피 도안과 재료를 팔면 그만이었다. 조심스럽게 파일노트를 넘겨보던 여자가 손가락으로 가리킨 것은 마트료시카 손뜨개인형이었다. 수는 사진 위에 붙어 있는 파일넘버를 확인하고는 창고에서 도안과 털실이 들어 있는 패키지를 찾아왔다. 도안을 살펴보던 여자는 코바늘에 실을 꿰더니 한 코 한 코 능숙하게 떠갔다. 손놀림이 예사롭지 않았다. 덕분에 수는 테이블이 정면으로 보이는 책상에서 주문받은 퀼트이불을 만드는 데 집중할 수 있었다.

비는, 종일토록 올 모양이야.

수는 창문을 돌아보았다. 하루만 닦지 않아도 유리창에 먼지가 누렇게 내려앉았는데 그 위로 흘러내리는 빗물이 기하학적인 무늬를 만들어내고 있었다. 다른 여자들은 오지 않을 모양이었다. 두서없이 음담패설을 주고받던 자주색 여자와 패딩 여자도 금방 지루해졌는지 블랭킷을 짜던 손이 느려졌다. 어스름이 빠르게 내려앉고 있었다.

"성님, 저녁은 뭐 해서 드실 거요?"

"뭐, 일단 집에 가봐야지."

이때쯤 되면 목소리에서 쓸쓸함이 배어 나왔다. 개활지에 듬성듬성 나 있는 갈대가 바람에 흔들리며 비로소 우우우 우는 소리를 내는 시간, 자주색 여자와 패딩 여자가 자리를 떴고 작업실에는 수와 테이블 구석에 앉아 있는 여자만이 남았다. 수는 테이블에 늘어놓은 조각천들을 이리저리 맞춰보며 마음속에서 당신을 불러내었다. 저녁은 무얼 먹을 거냐고 물어봐주는 소소한 일상의 질문들이 문득 애틋하게 여겨졌다. 왜 연락이 없는 걸까? 여자 앞에는 빨간 두건을 쓴 마트료시카 인형 여섯 개가 나란히 누워 있었다. 여자가 실을 뜨고 매듭을 지으며 일곱 번째 인형을 완성하는 동안 수는 휴대폰을 만지작거리며 남몰래 감춰둔 슬픔을 조용히 들여다보고 있었다.

그래서였을까,

"이름이 어떻게 돼요?" 한참 만에 수가 물었다. 그러고 보니 다른 여자들의 이름도 수는 모르고 있었다. 어쩌면 잊은 것일 수도 있겠다. 통성명을 나눈 여자들도 있고 안면을 트고 지낸 지 꽤 되었지만 한 번도 불러볼 기회가 없었기 때문이었다. 수에게 여자들은 손님 그 이상도 이하도 아니었다.

여자는 눈, 코, 입이 없는 일곱 번째 인형을 만지작거리며 들릴락 말락 하게 "쯔메이."라고 대답했다. 콧소리가 섞인 이름을 듣자마자 수는 "아!" 하고 탄성을 질렀다. "중국인이었어요?" 여자가 고개를 끄덕였다. 왜 당연히 한국인이라고 생각했을까. 눈썹이 진하고 이국적인 풍모가 느껴지는 것이 외려 중국 배우를 닮았다는 생각을 잠시 잠깐, 스치듯 했을 뿐이었다. 어떤 편견이 작용했는지도 모르겠다. 이곳은 한국인들만 모이는 곳이라고 내심 선을 그어놓은 탓도 있겠다. "쯔메이." 수는 혼잣말처럼 읊조리며 "이름이 참 예쁘네요."라고 중국말로 답해주었다. 아름다운 지혜라는 뜻이라고 했다. 그러고는 다시금 침묵의 골이 패었다. 하지만 얼마 지나지 않아 쯔메이는 수에게 "저 여기서 지내면 안 돼요?"라고 느리지만 또박또박한 어조로 애원하기 시작했다.

　그때까지만 해도 수는 쯔메이가 자신의 삶에 그토록 깊이 스며들게 될 줄은 꿈에도 상상하지 못했다.

2

밤새 뒤척이면서 해가 뜨기만을 기다렸던 수는 정작 아침이
되자 행동이 굼떠졌다. 쯔메이를 작업실에서 지내게 한 것에
대한 후회와 걱정 때문이었다. 6년 남짓한 세월 동안 수는 누
군가와 친해지거나 자신의 영역으로 다른 사람을 들이는 일을
꺼려했다. 거기에는 잠시 머물다가 떠날 거라는 다짐도 한몫
했다. 그래서 작업실을 드나드는 여자들과도 딱 한 번 저녁식
사를 같이했을 뿐이었다. 그때 수정방을 겁도 없이 들이켜다가
자기 설움에 젖어 울음을 터뜨렸는데, 그 일을 두고두고 후회
해야 했다. 난도질당한 기억 속에는 당신에 대한 이야기가 있
었다. 하지만 음소거가 된 것처럼 무슨 말을 했는지는 도무지

기억나지 않았다. 어쨌거나 눈물이 어떤 오해를 불러일으켰는지 여자들은 각자 나름대로의 해석을 내어놓았고, 아무리 억측이라도 사실로 믿어버리는 여자들 사이에서 수는 한동안 의심스러운 눈초리에 시달리며 입방아에 오르내려야 했다. 마치 썩어가는 고기에 달려드는 까마귀 떼 같았다. 다른 사람의 상처와 불행이라는 살점을 뜯어 먹으며 여자들의 대화는 점점 살이 쪄갔고 가끔은 원하지도 않은 위로와 동정까지 감내해야 했다.

그런 면에서 세상에 떠도는 모든 고백은 거짓일지 몰랐다. 같은 경험이라 할지라도 상황이나 기분에 따라 다르게 표현되며 상대는 사실이나 의도와는 상관없이 자신만의 필터로 받아들이기 때문이다. 그렇게 제멋대로 조합되고 자의적으로 해석된 거라 하더라도 기억조차 나질 않으니 누구에게 잘잘못을 따질 수도 없는 노릇이었다. 그저 여자들에겐 자신의 상처와 불행을 대변해줄 어떤 대상이 필요한 것뿐이라는 것도 수는 모르지 않았으나 자꾸만 억울해지고 서글픈 마음이 드는 건 어쩔 도리가 없었다.

그래놓고 왜? 수는 부엌에 나 있는 창가에 기대어 담배에 불

을 붙였다. 이유를 묻는 수에게 쯔메이는 사정이 생겨 가족들
이 뿔뿔이 흩어지게 되었는데 갑작스럽게 벌어진 일이라 지낼
곳이 마땅치 않다고 했다. 그러면서 거처를 구할 때까지 잠시
만 머물면 된다는 말을 몇 번이나 반복했다. 잠시만……. 그 말
을 듣는 순간 수는 당신이 떠오르면서 기분이 울적해졌다. 수
없이 되뇌었던 말. 믿을 수도 믿지 않을 수도 없지만 믿고 싶은
그 말에 이끌려 자신도 모르게 승낙해버리고 만 것이다. "그렇
게 해요. 잠시만." 쯔메이에게 어떤 사정이 있는지 더는 궁금하
지 않았다. 설령 사실이 아니라고 해도 괜찮았다. 수를 움직이
게 한 건 그것이 아니었으니까. 담배 연기가 전날 밤처럼 하얗
게 부서졌다.

수는 평소보다 일찍 작업실로 나섰다. 아무래도 잠자리와 식
사가 마음에 걸렸다. 추웠을 것이다. 밤새 퍼부을 것 같던 비
는 자정 무렵 그쳤지만 시멘트벽이 토해내는 한기가 만만치 않
았을 테고 작업실 부근에는 변변하게 먹을 데도 없었다. 식료
품 가게나 식당도 아파트 부근에만 간신히 몇 개 있을 뿐이었
다. 그리고 가장 중요한 것은 다른 여자들에게 들키기라도 한

다면……. 거기까지 생각이 미치자 무겁게 가라앉았던 마음이 다급함으로 돌변했다. 여자들은 불만을 터뜨리거나 되지도 않는 억지를 부리며 수를 공격할 것이 분명했다. 아무리 편의를 봐주는 일이라 해도 자신들에게 어떠한 이득이 돌아오지 않으면 공정하지 못한 처사라고 소리를 높일 것이 불 보듯 빤했기 때문이었다. 그러면 정말 낭패인데. 하지만 모든 건 기우에 불과했다. 작업실에 도착하자마자 입이 쩍 벌어졌으니까. 환기를 시켜놓았는지 퀴퀴한 곰팡이 냄새도 나지 않았고, 항상 뿌옇던 유리창으로 햇살이 투명하게 비치고 있었다. 뿐만 아니었다. 창고에 마구잡이로 쌓아두었던 패키지들도 파일넘버에 맞춰 깔끔하게 정리되어 있었고, 커피포트와 머그잔을 놓아두는 간이 테이블에는 꽃무늬 천이 덮여 있었다. 갈대를 꺾어 오던 쯔메이가 수와 시선이 마주치자 무슨 잘못이라도 한 것처럼 어깨를 움츠렸다. 음산하게만 여겨졌던 벌판이 금빛 물결을 일으키며 환하게 펼쳐져 있었다.

왜 진즉에 하지 않았을까.

잠시 머물 곳이라 하더라도.

내친김에 작업실 벽에 둘러져 있는 퀼트와 손뜨개 제품들도 정리하기로 했다. 수는 먼지나 털어내려는 심산으로 가볍게 운을 띄웠던 건데 쯔메이가 잠깐만 기다리라면서 작업실을 나섰다. 그동안은 제품들은 되는 대로 걸어두었던 터였다. 시멘트 벽이라 못질이 여의치 않다는 핑계로 박스 안에 방치해두기도 했다. 하지만 그런 변명이 무색하게도 쯔메이는 어디선가 나무 판자와 고장 난 자전거, 옷걸이 따위를 주워 오더니 순식간에 장식장 하나를 완성했다. 접착제로 붙여놓은 고리와 고리를 포장용 밧줄로 이어서 소품들을 진열할 수 있는 공간도 만들어냈다. 천덕꾸러기처럼 구석에 놓여 있던 캐비닛도 눕혀놓고 천을 둘러씌우니 제법 그럴듯한 진열대가 되었다. 손도 어찌나 빠른지 마법을 부리는 듯한 착각을 불러일으켰다.

퀼트와 손뜨개 제품들을 모두 배치하고 나서야 쯔메이는 허리를 펴고 수가 싸 온 고기만두를 먹었다. 인테리어에 취미나 경험이 있느냐고 묻자 쯔메이는 고개를 가로저었다. 고기만두를 오물거리는 입가에 미소가 배어 있었다.

비밀이야.

수는 몇 번이나 당부했다. 두시가 넘어서야 여자들이 하나둘씩 모습을 드러냈다. 예상대로 작업실로 들어서는 족족 호들갑을 떨어댔고 수순처럼 시선은 쯔메이에게로 향했다. "새로 오신 분이에요." 수가 소개를 하자 쯔메이가 자리에서 엉거주춤 일어나 고개를 숙였다. "어려 보이네. 몇 살이야?" 위아래로 훑어보는 시선이나 말투가 딱 텃세를 부리는 사람의 작태였다. 쯔메이는 어눌한 한국어로 "스물, 셋"이라고 대답했다. 그러자 몇몇이 "중국인이었어?"라고 동시다발적으로 외쳤다. "그럼 여기서 일하는 애인 거야?" "애, 너 한국말 모르니? 어른이 물으면 대답을 해야지." "방금 스물셋이라고 하는 걸 보니 아예 못하는 것 같진 않은데, 너 여기 어떻게 알고 왔니?" "이제는 중국인도 받는 거야? 난 싫은데."

무작위로 쏟아지는 질문공세에 쯔메이가 도움을 청하는 눈빛을 보냈으나 수는 모른 체 시선을 피했다. 대답도 하기 전에 다른 질문으로 이어지는 통에 비집고 들어갈 틈도 없었거니와 여자들에게 구구절절 설명을 늘어놓고 싶지도 않았다. 이미 발톱을 드러낸 이상 어떠한 말도 곱게 받아들이지 않을 터였다. 수는 곁눈으로 철문을 힐끗거렸다. 아무래도 나이가 가장 많은 패딩 여자가 와야 진정될 분위기였다.

수는 주문을 외우듯 당신을 불렀다. 왜 다짜고짜 반말부터 하는지, 왜 어리고 약해 보이면 하대부터 하려 드는지, 왜 남의 나라에 와서 자신들의 언어를 앞세우는지, 왜 내 공간에 들어온 사람에게 예의 없게 구는지, 왜 아무 곳에서나 주인 행세를 하려 드는지……. 도대체 중국인을 받지 않는다는 규칙은 언제, 누가 만들었는지. 여자들이 아닌 당신에게 따지고 묻고 화내고 기대어 울고 싶었다. 모나고 날카롭고 저급하고 경박한 이곳에서 구출해줄 수 있는 건 당신뿐이라고. 그런데 대체 뭐 하고 있는 거야!

세 달이 넘어가고 있었다.

연락은 언제나 당신 몫이었다. 당신이 명품과 이미테이션을 밀반입하려다가 적발된 이후에 수에게 연락을 하지 말라고 당부해놓았기 때문이었다. 중국에서 걸려오는 연락에 괜한 의심을 살 수 있다는 거였다. 한국에서 살 집을 구하면 부르겠다고 해놓고 차일피일 미룬 것이 벌써 6년째였다. 비자 문제로 수가 한국에 들어갈 때마다 당신의 거처는 바뀌어 있었다. 물론 수는 그것조차 모르고 있었다. 약속을 해놓고 연락이 되지 않는 바람에 만나지 못하고 돌아오는 경우도 비일비재했다. 만약 연인이었다면 헤어졌을지도 모르겠다. 고작해야 1년도 되지 않았지만 당신은 수의 남편이었고, 수는 당신의 아내였다. 북경에 신혼집을 꾸리고 당신과 함께 살았던 몇 개월이 수에게는 가장 행복하고 잊지 못하는 순간으로 기억되어 있었다. 방직공장에 다녔던 당신이 조금씩 욕심을 부리게 된 것에도 수는 모종의 공범 의식과 죄책감을 갖고 있었다. 당신이 명품 이미테이션을 한국으로 빼돌리고 있다는 것을 수도 어렴풋이 알고 있었기 때문이다. 불법이었지만 중국에서는 호텔에서도 명품 이미테이션을 판매하는 일이 공공연히 자행되고 있었기에 그 일에 대한 심각성을 몰랐을 뿐이다. 경찰에 체포되어 구치소에서 지내게 되었을 때에도 당신은 수에게 연락하지 않았다.

수는 여자들에게 커피를 따라주고 있는 쯔메이를 바라보았다. 여자들은 당연한 듯이 쯔메이에게 심부름을 시켰는데 그 것이 그녀가 어려서인지, 중국인이어서인지, 혹은 둘 다인지는 알 수 없었다. 아니면 정말 여기서 일하는 애로 아는 걸까. 여 자들이 모두 돌아가고 나서야 수는 "오늘 고생 많았어요. 말은 험하게 해도 나쁜 분들은 아니에요. 그러니 괜히 마음 다치지 말아요."라고 중국말로 말했다. 편을 들어주지 못한 것이 미안 하기도 했다. 쯔메이는 한국말로 "저는 괜찮습니다. 죄송합니 다. 감사합니다."라고 하면서 고개를 숙였다. 피식 웃음이 났다. 중국에 처음 왔을 적에 말이 서툴던 수가 가장 많이 했던 말도 "괜찮습니다. 죄송합니다. 감사합니다."였으니. 그때의 마음은 모두 어디로 갔을까. 외국인이라는 것을 알고 일부러 퍼붓듯 이 중국말을 쏟아내는 사람들 앞에서는 아예 입을 닫아버렸다. 그들에게 "천천히, 다시 한 번 말씀해주시겠습니까?"라는 부탁 따위 소용없다는 걸 몇 차례 경험으로 알아버렸기 때문이었다. 도통 알아들을 수 없는 말 앞에서 무력감을 느끼며 문득 서러 워질 때도 있었다. 어디선가 한국말이 들려오면 쫓아가서 말을 건네고 싶은 적도 한두 번이 아니었다. 타국에서 모국어란 엄 마의 품이나 마찬가지였다. 그렇지만 여긴 중국이 아닌가. 쯔메이는 한국에 가서 돈을 벌고 싶다고 했다. 역시나. 수는 말없이 고개를 끄덕여주었다.

하루도 당신을 생각하지 않은 적이 없었지만 오늘은 추억에 취하고 싶었다. 여자들과 쯔메이 사이에 흐르던 빼딱한 긴장감에 모든 기운이 소진되어버렸으며, 이편도 저편도 아닌 스스로에게 환멸과 소외가 느껴졌던 탓일지도.

수는 퀼트로 만든 이불을 쯔메이에게 내어주고는 작업실을 나섰다. 쯔메이는 눈이 휘둥그레져서 또다시 "저 괜찮습니다. 죄송합니다. 감사합니다."라면서 고개를 숙였다. 맥주 한잔 하겠냐는 말이 목울대를 자릿자릿 간지럽혔으나 홀로 돌아선 것은 잘했다고 생각했다. 수는 아파트 단지 입구에 있는 식료품 가게에서 연태맥주 두 병과 말린 문어를 사고 완자탕에 넣을 청경채를 고르는데 쯔메이 얼굴이 눈에 밟혔다. 저녁은……. 아니다. 수는 체머리를 흔들었다.

집에 돌아오자마자 버릇처럼 티브이를 켰다. 10년도 더 되었을 법한 한국 드라마가 중국어 더빙으로 방영되고 있었다. 수는 완자탕을 끓이면서 건성으로 드라마를 넘겨보았다. 목까지 올라오는 두툼한 니트에 카멜 코트를 입고 있는 남자 주인공이 당신을 연상시켰다. 수와 처음 연애를 시작할 즈음, 그러니까 결혼하기 전에 유행하던 패션이었다. 당신은 의류회사에 다니는 직원답게 옷차림이 깔끔하면서도 트렌드를 놓치지 않는 센스가 있었다. 180센티미터가 넘는 키에 작은 얼굴, 적당히 마르고 곧은 체형이 당신을 더욱 돋보이게 만들어주었다. 수는 그런 당신이 좋았다.

첫 만남이 극적이거나 특별하지는 않았다. 친구와 그 친구의 선배가 주선한 자리에서 만나게 되었는데 커피잔에 감기는 당신의 손가락을 바라보면서 수는 자신도 모르게 심장박동이 빨라지는 것을 느꼈다. 거스러미 없이 말끔하게 정리되어 있는 손톱은 잘 익은 복숭앗빛을 띠고 있었고 셔츠 소매가 살짝 들려지며 보이는 팔목과 손등을 타고 가운뎃손가락까지 뻗어 있는 푸르고 가느다란 실핏줄은 당신이 커피를 마실 때마다 움찔움찔 움직이는 목울대만큼이나 도드라져 보였다. 그 모습이 어찌나 매혹적이던지. 수는 소녀처럼 부끄러워졌고 당신의 손가락이 피아노 건반을 연주하듯 몸의 곳곳에 부드럽게, 때로는 힘 있게 맞닿을 때마다 닫혀 있던 감각들이 모두 깨어나는 것 같았다. 푸르고 가느다랗게 뻗은 가지마다 봉우리를 터뜨리며 만개하는 꽃처럼 수는 온몸을 열어 당신을 받아들이며 붉고 또 붉어졌다.

　수는 당신이 어떤 말이나 행동으로 자신을 침대로 이끌었는지는 기억나지 않았다. 만난 지 불과 몇 시간도 되지 않는 사람과 몸을 섞을 수 있다는 것도 수는 생각해본 적이 없었다. 오히려 그런 사람들을 회의적인 시선으로 봐왔을뿐더러 사랑도 없는 쾌락 따위에는 관심조차 없었다. 그런 면에서 수는 고지식하게 여겨질 정도로 냉정하고 단호한 편이었다. 하지만 당신과는 당연하다는 듯, 모든 것이 자연스럽게 흘러갔다. 그렇다고 고백을 받은 것도 아니면서 말이다. 생각해보면 신기하고 꿈만 같고 스스로도 낯설게 느껴질 정도였다. 수는 몇 번이나 전율을 느끼며 당신의 목을 끌어안았다. 그로써 특별할 것 없었던 그날이 수에게는 잊지 못할 특별한 날이 되었다.

그날을 떠올릴 때면, 여전히 수는 붉어졌다.

신천 골목에 있는 허름한 모텔에서 당신이 프러포즈를 했을 적에 수는 하마터면 울음을 터뜨릴 뻔했다. 행여나 쉬운 여자로 비서질까 봐 식상하고 있던 집이었다. 하지만 당신에게 날려가는 마음을 주체할 수 없었고, 그만큼 두려움도 커지고 있었다. 당신은 수를 안은 채로 머리칼과 등을 가만가만 쓸어주며 "곧 중국으로 발령받을 거 같아. 함께 가고 싶어."라고 했다. 수는 대답 대신 당신의 품을 파고들었다. 당신은 수의 등에 올록볼록하게 튀어나와 있는 척추를 지압하듯 손가락으로 뼈와 뼈, 그 사이와 사이를 동그랗게 매만져주었다. "행복할 거야, 우리." 그러면서 당신은 다시 수의 입술을 찾았다. 땀에 젖은 가슴팍에서 복사꽃 향기가 풍기는 것 같았다.

당신은 알까? 그때 얼마나 설렜는지.
정념에 휩싸여 얼마나 당신의 목을 조르고 싶었는지.

맥주 두 병을 채 비우기 전에 드라마는 끝이 났다. 수는 3분의 1쯤 남은 맥주병을 식탁에 그대로 두고 냉장고에서 순양백주를 꺼냈다. 병째로 한 모금 들이켜니 불덩이를 삼킨 것처럼 뜨거운 기운이 식도를 타고 내려갔다. 입안의 잔향이 사라지기도 전에 또 한 모금을 마셨다. 배 속에서 용암이 일렁이는 것 같았다. 그리고 또 한 모금, 또 한 모금……. 마지막 한 방울까지 혓바닥에 탈탈 털어냈다. 불길이 치솟아 심장을 모조리 태워버렸으면. 수는 휘청휘청 화장실로 가서 문을 닫지도 않은 채로 소변을 누었다. 당신이 있었다면 상상도 할 수 없는 일이었다. 고개가 바로 꺾이며 머리칼이 아래로 쏟아졌다. 변기에 얼마나 앉아 있었는지 모르겠다. 팬티가 무르팍에 아스라이 걸려 있었다. "죽일 거야. 죽여버리고 말 거야." 잠꼬대처럼 한참을 중얼거리던 수가 화장실 문지방을 넘는가 싶더니 바닥에 그대로 고꾸라졌다. 이렇게 잠드는 날이 하루 이틀이 아니었다.

거실 중앙에 놓여 있는 난로가 열선을 붉게 달구며 훈기를 뿜어내고 있었고, 달이 보이지 않는 밤이 계속되고 있었다.

3

쯔메이는 눈치가 빠르고 자신을 감추는 방법을 알고 있는 아이였다.

모든 일을 그림자도 남기지 않고 일사천리로 처리하곤 했는데 작업실을 말끔하게 치워놓고 자리를 비운 다음 수와 여자들이 도착할 즈음에야 다시 모습을 드러내는 것도 그중 하나였다. 작업실에서 지낸다는 사실을 다른 여자들에게 들키지 않으려는 행동 같았다. 비밀이니까. 그런 점이 수를 안심시켰다. 우렁각시처럼 작업실을 관리하는 것도 마음에 들었다. 역류를 일삼던 수챗구멍도, 흉물스럽게 매달려 있던 전등갓도, 박스테이프를 붙여놓은 창틀의 틈새도 쯔메이 손길이 닿으면 언제 그랬

냐는 듯이 말끔하게 고쳐져 있었다. 햇빛이 조각 케이크 모양
으로 비스듬히 내려앉는 간이테이블에는 머그잔이 물기도 없
이 가지런히 정리되어 있었고, 커피포트에 언제나 따뜻한 커피
가 담겨 있는 건 물론이었다. 어쩌면 쯔메이는 소리 없이 자신
을 드러내는 법을 알고 있는지도 몰랐다.

　눈썰미 좋은 여자들이 그냥 지나칠 리 없었다. 비단 변기물
이 잘 빠지고 작업실 분위기가 밝아져서만은 아니었다. 여자
들이 어떤 변화를 직감적으로 알아차리고는 "남자라도 생겼
어?", "맞네, 얼굴 환해진 것 좀 봐. 연애하는 거 맞지? 누구야?
자기!", "설마 살쾡이는 아니지?"라고 캐물을 때마다 수는 쯔메
이에게 시선을 돌릴 수밖에 없었다. 예전 같았으면 음담패설이
나 가벼운 농담이라 해도 어쩐지 당신에게 죄스러워 어떠한 말
로도 받아칠 수 없었는데 이번만큼은 그것이 꼭 싫지만은 않
았다. 이상한 일이었다. 마치 당신이 다녀간 것처럼 옹송그리
고 있던 욕망이 슬그머니 고개를 들고 있었다. "아니에요."라고
손사래를 쳐도 여자들은 확신에 찬 표정으로 "아니긴 뭐가 아
니야? 귀신을 속이지."라며 까마귀처럼 웃어댔다. "소개 좀 시

켜봐. 우리가 잡아먹기야 하겠어?" "성님이라면 잡아먹고도 남지." "그냥 잡아먹히고 싶네. 솜씨를 보아하니 힘도 좋겠구먼." 쯔메이는 아무것도 듣지 못했다는 듯이 마트료시카 인형을 짜는 것에 몰두하고 있었다. 수는 괜스레 움츠러들면서도 문득 화가 나기도 하고 그러다가 다시 미안해지곤 했는데 그러한 감정이 당신을 향한 것인지 아니면 쯔메이 때문인지는 알 수 없었다.

스며드는 걸까요, 물드는 걸까요?
당신은 내 삶을 송두리째 바꿔놓았는데.

"왜?"라고 질문을 한 것은 몇 주가 흐른 뒤였다.
수는 더 이상 빨간색 실이 없다는 핑계로 쯔메이에게 똑같은 인형만 만드는 이유를 물었다. "혹시 파시는 거예요?" 돌발적인 질문에 쯔메이는 인형을 만지작거리며 머뭇머뭇 입을 열었다. "아이들이 죽었어요." 수는 잘못 들었나 싶어서 "네?" 하고 되물었다. "수학여행을 가던 아이들이 죽었어요. 3백 명이 넘게요." 아! 수는 더 이상 말을 잇지 못했다. "버스가 전복되는 사고였어요. 산길이 워낙 험하고 가팔랐다는데 날씨도 좋지 않은 데다가 기사가 운전이 미숙했나 봐요." 쯔메이의 눈빛에 축축하게 물기가 차올랐다. 평소에도 맑으면서 어딘가 모르게 그늘이 느껴지는 인상이었다. "하지만 그건, 의례적인 발표일 뿐이에요. 버스마다 아이들을 마구잡이로 태운 게 명백한데도 아무도 책임을 지려 하지 않아요. 아무리 어린아이들이라 해도 산길을 가는 데 하중을 견디기 힘들었을 거예요. 그것에 대한 진상조사가 이루어지지 않으니 유가족들의 회한은 얼마나 클까요? 그 가엾은 어린 생명들……. 얼마나 설렜을까. 또 얼마나 무서웠을까. 시신조차 찾지 못하고 있으니." 인형을 바라보고 있으면서도 저 너머, 우주보다 더 먼 저편을 바라보고 있는 듯했다. "아침마다 사찰에 가요. 죽은 아이들을 위한 영가연등이 매달려 있거든요. 그곳에 기도를 올리고 인형은 아이들 부모님들께 보내드리고 있어요. 늘 곁에 있을 거란 의미로." 수는 인형에 빨간색 실을 늘어뜨려 만든 매듭을 매만지며 물었다. "그런데 왜 이런 일을 하죠?" 혹시 쯔메이와 무슨 관련이 있는지 궁금해서였는데 "왜 이런 일을 하면 안 되는 거죠? 슬픈 일이잖아요."라고 화살이 되어 날아왔다.

갑자기 날카로워진 말투에 쯔메이는 스스로도 놀랐는지 목소리를 누그러뜨리며 말했다. "저, 저, 아이들 교복이 봄여름에는 빨간 스카프, 가을겨울에는 빨간 재킷이거든요. 얼굴도 동글동글하고 볼도 발그스름한 게 마트료시카 인형과 닮았죠." 그러더니 수의 손가락에 긴히 있는 매듭을 눈짓으로 가리켰다. "그건 인연의 끈이에요. 인연끼리는 빨간색 실로 이어져 있다는 전설 아시죠? 처음에는 실이 얽히고설켜서 서로의 인연을 알아보지 못하지만 한 가닥 한 가닥 풀어가다 보면 천생의 인연을 만나게 된다는. 부모와 자식보다 더 확실한 인연이 어디 있겠어요. 그러니까 매듭만 놓지 않는다면 인연은 끊어져도 끊어진 게 아니라는 거죠. 비록 저승과 이승에 있더라도……. 인연은 하늘도 갈라놓을 수 없는 거니까요." 수는 가만가만 고개를 끄덕였다. "위로가 되겠네요. 인형을 보고 있으면."

수는 집으로 돌아오는 내내 쯔메이 마지막 말이 귓전을 맴돌았다. "그랬으면 좋겠어요. 보고 있으면, 보고 싶어져서 아프겠지만요." 바람이 쓸쓸하게 느껴졌다.

당신이 남기고 간 물건은 생각보다 많았다. 아니, 당신이 사라진 흔적이 없다고 하는 편이 맞겠다. 옷장에는 당신의 체취가 남아 있는 옷가지는 물론이거니와 속옷과 양말이 가지런히 정리되어 있었고, 욕실 수납장에는 로션과 스킨, 면도기, 애프터셰이브가 놓여 있었다. 칫솔은 몇 달에 한 번씩 새것으로 갈아놓았다. 이사할 때마다 수는 당신의 물건을 가장 먼저 정리했고 철이 바뀔 때마다 계절에 어울리는 옷을 새로 장만해놓기도 했다. 당신은 한국으로 부르겠다고 했지만 수는 곁에 있는 당신의 부재를 받아들일 수 없었다.

함께 있는 거고 함께 떠날 거니까.

수는 화장대 서랍에서 보석함을 꺼냈다. 뚜껑을 열어보니 결혼반지가 들어 있었다. 아무런 장식이 되어 있지 않은, 14K 백금으로 만든 커플링이었다. 수는 약지에 반지를 끼워보았다.

결혼은 단출하게 진행되었다. 예물과 예단은 최소화했고 신혼집을 중국에 꾸릴 테니 혼수를 따로 준비할 필요도 없었다. 그러니 한국에서는 상견례와 결혼식만 치르면 되었다. 겨우 자기 밥값 할 때가 되니 떠난다고 아버지가 투덜거렸지만 엄마는 당신이 무척이나 마음에 든다고 했다. 무뚝뚝하고 걸핏하면 화를 내는 아버지와 다르게 서글서글하고 자상한 모습에 안심이 된다면서 당신의 손을 맞잡고 "부탁한다."는 말을 얼마나 반복했는지 모르겠다. 홀로 당신을 키웠다던 시어버니도 "너희들 행복하면 더 바랄게 없다."면서 눈시울을 훔쳤다. 노모의 모습이 마음에 걸리긴 했지만, 중국이 먼 거리도 아니고 한국을 오갈 일도 많을 테니 걱정하지 말라면서 당신은 오히려 수를 다독여주었다.

신혼집은 왕징에 있었다. 당신이 발령받은 방직공장과도 멀지 않았고 한인타운이 형성될 만큼 한국인들이 많이 사는 동네였다. 당신과 수는 이케아에서 가구와 살림살이를 샀고 주말이면 여행자처럼 이곳저곳을 돌아다녔다. 다산쯔 789예술지구를 산책하면서 입을 맞췄고 이원극장에서 경극을 관람하거나 박물관을 둘러볼 적에도 당신의 손은 수에게 딱 달라붙어 있었다. 당신은 겨드랑이에서 허리까지 수의 몸을 쓸어내리면서 가슴과 엉덩이를 슬쩍슬쩍 건드리기도 했다. 그때마다 수는 움찔움찔 반응하면서 모든 촉수를 당신을 향해 곤두세우느라 다른 어떤 것에도 집중할 수가 없었다. 힐끗거리는 주변 사람들 시선이 신경 쓰이고 여간 거추장스러운 게 아니었다. 수는 일부러 영어나 한국말을 해가며 자신들이 외국인이라는 것을 사람들에게 은근히 인지시켰다. 그러면서 세상 사람이 모두 자신을 등지더라도 당신만 있으면 괜찮다고 여겼다.

이렇듯 당신은 거리며 음식점이며 상관없이 틈만 나면 수의 몸을 탐했다. 은밀하고도 관능적인 눈빛과 남몰래 파고드는 당신의 손길에 수도 마음이 달떴다. 점심시간을 틈타 집으로 달려온 당신을 무방비상태로 맞이한 적도 여러 번이었다. 그 시절은 순간순간이 달콤했고 섹스로도 사랑을 모두 표현할 수 없다는 사실이 안타깝기만 했다.

하지만 이제, 수는 갈 곳이 없었다. 2년 전 엄마가 패혈증으로 갑작스레 세상을 떠났을 적에 임종을 지키지 못한 일은 두고두고 한으로 남았다. 뒤늦게 도착해 발인을 지켜보며 수는 아버지에게 당신은 회사에 비상이 걸려서 빠져나올 수가 없었다고 거짓말을 했다. 그때도 당신은 연락이 되지 않았다. 시어머니도 당신의 거처는커녕 한국에 나와 있는 것조차 모르는 눈치였다.

머리가 묵직했다. 알알이 얼음이 박힌 것처럼 살갗도 따끔거렸다. 수는 머리 위까지 이불을 끌어올리고는 양팔로 몸을 감쌌다. 아무리 오그래도 추위는 가시지 않았고 섬뜩이 이는 것처럼 온몸이 오들오들 떨려왔다. 오한이 나면서 식은땀까지 흘리는 걸 보니 감기인 게 분명했다. 며칠 동안 날씨가 을씨년스러웠던 탓일 게다. 기온이 한낮에도 영하 10도를 밑돌았고 눈이 내릴 듯 말 듯 하늘은 종일토록 흐렸다. 수는 겨우 몸을 일으켜 여자들에게 일주일간 쉬겠다는 문자메시지를 보냈다. 어차피 여자들은 도안을 보면서 혼자서도 충분히 뜰 수 있는 실력이 되었고 작업실은 모여서 수다 떠는 공간일 뿐이었다. 손뜨개나 퀼트 재료만 구입하면 작업실은 무한대로 제공되기 때문에 여자들에게 그곳은 공짜로 이용할 수 있는 아지트이자 사랑방인 셈이었다. 그래서인지 궂은 날씨 탓에 발길이 뜸했으면서도 막상 일주일간 닫는다고 하자 몇몇 여자들은 전화까지 걸어 불쾌한 기색을 노골적으로 드러냈다. "감기에 뭐 일주일씩이나 쉬어. 그렇게 많이 아픈 거야?" "그동안 심심해서 어쩌나.

다른 곳에는 가봤자 돈만 들 테고." "우린 어떡하라고? 마침 나가보려던 참이었거든." 상대의 안위보다 자신들의 무료함부터 걱정하는 모습이 못내 서운했으나 수는 죄송하다는 말을 연발하면서 보이지도 않을 수화기 저편을 향해 머리를 조아렸다. 그나마 여자들 덕분에 먹고살고 있다는 회한이 밀려왔다. 그제야 여자들은 내키지 않지만 어쩔 수 없다는 투로 몸조리 잘 하라는 말을 남기며 부박하게 전화를 끊었다.

수는 모로 누워 휴대폰을 손가락으로 쓸어내렸다. 전화나 한 통 해주지. 당신이 없는 세월을 생각하면 수는 숱한 모진 일들을 어떻게 견뎌왔는지 신기하기만 했다. 당신이 경찰에 구속되고 전 재산에 가까운 돈을 벌금으로 빼앗긴 후에 피난민처럼 홀로 이삿짐을 지고 이고 이곳저곳을 떠돌면서 전쟁통 같은 세상을 직면해야 했던 일들은 세세하게 나열하기도 힘들었다. 중국어가 서툴러 알게 모르게 손해를 본 적도 부지기수였다. 하지만 그런 일들은 무성영화 시대의 흑백필름처럼 어떠한 빛깔도, 층위도 남기지 않고 머릿속에서 명멸하다가 아스라이 사라져버리곤 했다. 아마도 되뇌지 않아서 그럴 것이다. 수는 힘들고 서러워질 때마다 그 일을 곱씹기보다 당신을 떠올렸다. 그래서인지 1년도 채 되지 않는 신혼생활만은 언제든 생생한 육체를 입고 되살아났는데, 그런 기억들이 나뭇가지처럼 뻗어 있는 모세혈관에 피돌기를 시키며 금방이라도 꺼질 것 같은 수의 삶에 생냉덕을 불어넣어주었는지도 모르겠다.

자다 깨다를 반복하던 수가 쓰린 속을 부여잡았다. 아무것도 먹지 않았다는 자각이 뇌리를 스쳤으나 딱히 배가 고픈 건 아니었다. 목구멍이 따끔거려서 무엇을 넘길 수 있을 것 같지도 않았다. 하지만 위벽을 긁어대는 통증에 수는 무거운 몸을 일으켰다. 무엇이라도 먹어야 진정될 것 같았다. 수는 주방 불도 켜지 않고 밥솥부터 열어보았다. 묵은 밥이 조금 남아 있었다. 사위는 어두웠다. 주걱에 붙은 밥풀을 떼어 먹으며 냉장고를 열어보니 먹을 만한 반찬이 없었다. 그렇다고 새로 음식을 만들 만한 기운도, 의욕도 없었다. 수는 양파장아찌를 꺼내어 밥을 물에 말아 먹었다. 입안이 까슬까슬해서인지 밥알이 말라 있어서인지 몇 번 우물거리다가 그대로 삼켜버렸다. 시선은 허공에 멈춰 있었다. 꿈인지 생시인지, 그저 멍하기만 했다. 다음 날도, 그다음 날도 마찬가지였다.

그때 초인종이 울렸다. 수는 침대에 누워 있었다. 가물가물, 겨우 눈을 떠보았지만 매트리스에 포박당한 듯이 몸이 움직여지지 않았다. 달리 찾아올 사람도 없었다. 수는 다시 눈을 감았다. 하지만 초인종은 간격을 좁히며 집요하게 울려댔다. 환청인가. 소리가 귓전에서 점점 멀어지면서 까무룩 잠이 들었나 보다. 꿈과 생시를 오락가락하며 당신을 봤던 것도 같은데……

쯔메이였다!

수는 스프링이 튕기듯 몸을 일으켰다. "여기 어떻게……" 침대 협탁에는 물수건이 놓여 있었다. "깨어나셨네요. 이렇게 아프신 줄은 몰랐어요." 마침 방으로 들어오던 쯔메이가 물수건 옆에 놓여 있던 유리컵을 내밀어주었다. "좀 마셔보세요. 백합차예요." 수는 엉겁결에 유리컵을 받아서 입술을 적실 정도로 조금 마셔보았다. 쌉싸름하면서 뒷맛이 달았다. "냉동실에 대추가 있어서 설탕을 넣고 같이 우려낸 거예요. 기침을 멈추는데 좋거든요." 유리컵 안에는 불그스름한 꽃잎이 부유하고 있었다. "이거, 어디서, 우리 집에 없는 건데." 수는 마른침을 삼키며 인상을 찌푸렸다. 목이 잠겨서 소리가 잘 나오지 않았다. "장을 봐 왔어요. 아플 때 혼자 챙겨 먹게 되지 않잖아요. 마침 큰길가에 한국 식재료를 파는 기게가 있어서 이것저것 해보긴 했는데……. 입맛이 없더라도 한술 떠보세요." 동방슈퍼마켓을 말하는 모양이었다. 그곳이라면 수도 익히 알고 있었다. 궁서체로 큼지막하게 써놓은 간판만큼이나 규모도 꽤 큰 편이었다. 한족과 중국계 일본인인 부부가 운영하는 곳으로 입소문을 타기도 했는데 가게 한편에는 한국 식재료부터 생필품, 주방용품까지 없는 게 없었다. 하지만 수는 1년에 한두 번 들르는 것이 고작이었다. 수에게 음식이란 그저 끼니를 때우는 것일 뿐이었다. 간단하게 탕이나 국을 끓여서 며칠 먹거나 그조차 귀찮으면 인스턴트 만두나 즉석제품으로 해결하는 식이었다. 혼자 먹는 것도 지긋지긋하고 가끔은 귀찮았다. 그러고 보니 맛을 느끼지 못한 지도 오래되었다.

그에 비한다면 쯔메이가 차려준 밥상은 훌륭한 만찬이었다. 버섯과 두부가 들어간 된장찌개와 소불고기, 양배추로 만든 겉

절이만 보고도 수는 눈이 휘둥그레졌다. 한국 음식을 본 지가
언제였던가. 땅콩을 넣은 청경채볶음과 량피도 곁들여져 있었
다. "이게 다 뭐예요?" 수는 식탁에 앉지도 못하고 어정쩡한 자
세가 되었다. 밥을 해줬다는 것만도 감동이었는데 예상치 못
한 호사에 수는 몸 둘 바를 몰랐다. "입에 맞으실지 모르겠어
요. 한국에서는 이렇게 먹는다고 해서 따라 해보긴 했는데." 쯔
메이가 양손을 비비적거리며 배시시 웃었다. "돈은?" 불쑥 튀
어나온 질문에 쯔메이는 당황한 기색으로 "저 돈 있어요!"라고
새된 소리를 냈다. 괜한 걸 물어봤다. 무색해진 수는 식탁에 앉
아 서둘러 수저를 들었다. 음식 냄새를 맡자 허기가 맹렬한 기
세로 몰려왔다. 수는 된장찌개부터 한술 떠먹어보았다. 엄마가
해주었던 것처럼 깊은 맛은 아니었지만 자신도 모르게 슬며시
미소가 지어졌다. 숟가락을 움켜쥐고 눈치를 살피던 쯔메이도
그제야 함박웃음을 지었다.

식사를 마치자 쯔메이가 약봉지를 꺼내주었다. 따뜻한 백합
차에 약까지 먹으니 한결 몸이 가벼워진 느낌이었다. "고마워
요." 진심이었다. 한편으로는 쯔메이에게 신세를 졌다는 것이

민망하기도 했다. "끼니 거르지 마시고 잘 챙겨 드세요. 고기는 넉넉하게 재워놨어요." 쓰메이는 남은 음식을 빈 용기에 옮겨 담으며 말했다. "약 드셨으니 한숨 푹 주무시고요. 저는 이것만 치우고 갈게요." 그 말이 끝나기 무섭게 수가 반사적으로 되받았다 "여기서 자요." 쓰메이가 문득 숨을 멈췄다. "여기서 자고 가라고요. 작업실은 춥잖아요." 말해놓고도 자신답지 않다는 생각에 어쩐지 쑥스러워졌다. 수는 쓰메이의 대답을 듣지 않고 자리에서 일어났다. 창밖에는 눈발이 흩날리고 있었다.

4

새벽에 일어나 보니 쯔메이가 소파에 웅크리고 잠들어 있었다. 수는 담요를 가져와 가만히 덮어주었다. 잠시만 머물다가 갈 거니까. 수는 속엣말을 굴리며 물을 가지러 나온 것도 잊어버린 채 다시 침대로 돌아갔다. 그러고는 어떠한 꿈도 허용하지 않는, 깊은 단잠에 빠져들었다. 실로 오랜만이었다.

쯔메이와 생활하는 데 불편한 점은 없었다. 집 안 공기의 밀도와 온기가 조금 달라졌을 뿐이었다. 다행히 중국인들에게 풍긴다는 특유의 쿰쿰한 체취는 느끼지 못했다. 쯔메이는 조심스러운 구석이 있어서 집 안 물건을 함부로 만지거나 거슬리는 행동을 하지 않았다. 수가 일어나면 언제나 아침식사 준비에 한창이었는데 욕실에는 머리카락 한 올 남기지 않았고 물기도 깨끗하게 닦여 있었다. 문득문득 마주치는 당신의 물건들이 쯔메이를 더욱 조심스럽게 만드는 모양이었다. 수는 작업실에서와는 달리 낡고 헤진 것들을 보아도 손을 대지 않았다. 그건 당신의 영역이라고 여기는 듯했다.

당신은 잘할 수 있었을까. 연애 기간이 오래지 않았고 결혼 생활도 짧았던 터라 모든 면을 파악하기는 어려웠으나 수는 곧 그러지 못했을 거라는 결론을 내렸다. 꼼꼼하고 세심한 성격에다가 결벽에 가까울 정도로 깔끔하고 반듯한 것을 추구했지만 그건 외모나 옷차림에 한해서였다. 수려한 겉모습만으로는 당신이 허름한 연립주택에서 홀어머니와 살고 있을 거라고 예측하기 어려웠다. 수도 그랬다. 카페나 식당에서 보여주는 매너도 세련되었던 당신 곁에서 수는 얼마나 떨리고 긴장되었던지. 집안일을 해본 적이 없었기에 결혼을 하고 나서도 행여나 당신이 실망이라도 할세라 청소하고 집 안을 정돈하는 데 모든 시간을 할애하며 신경을 곤두세워야 했다.

하지만 당신이 도와준 기억은, 글쎄⋯⋯. 언뜻 떠오르지 않았다. 수는 커튼 봉을 달려다가 튕겨 나온 못에 찔린 자국을 더듬어보았다. 눈에 잘 띄지는 않았지만 꽤 깊이 박혔던 터라 왼쪽 검지에 살갗이 볼록하게 솟아 있었다.

돌이켜보니, 그런 면에서 당신은 무심하고 게으른 편이었다.

길고 매끄러운 손가락이 망치나 전동드라이버와 어울리지 않는 것처럼 당신이 화를 내거나 권태로운 표정을 짓는 얼굴을 그려보는 일 또한 쉽지 않았다. 사랑이란 감정이 낡고 해지게 된다면 당신은 어땠을까. 이런 의문이 드는 것조차 불경스럽게 여겨질 만큼 당신은 언제나 친절하고 다정한 사람이었다. 그럼에도 불구하고 쯔메이가 당신의 물건을 의식하고 주의를 기울이는 모습에 왠지 모르게 의기양양해졌다가도 그녀가 눈앞에서 사라지면 형용할 수 없는 허무와 불안이 몰려드는 건 무슨 연유인지. 게다가 요즘 들어서 도둑고양이처럼 주변을 어슬렁거리는 음습한 시선이 느껴졌다. 여자들이 말하는 살쾡이가 아파트 단지까지 출몰할 리 없는데도 쓰윽, 쓱 스쳐 가는 섬찟지근한 기운에 수는 몇 번이나 놀란 가슴을 쓸어내려야 했다. 한 번도 마주친 적 없고 그림자조차 본 적 없는데도 지레 겁을 먹은 수는 다른 아파트나 상가에 숨어들어갔다가 나온 적도 한두 번이 아니었다. 숨어 있으면서 왜 숨는지도 모르는, 본능적인 움직임이었다.

예민해진 탓일까? 자신을 둘러싼 세계에 미세한 변화가 일어나고 있는 것을, 그때까지도 수는 알아차리지 못하고 있었다.

몰아치던 한파가 한풀 꺾이자 쯔메이는 작업실로 돌아가겠다고 했다. 그곳도 며칠 내로 비우겠다는 말도 덧붙였다. 잠시만 머물겠다고 약속을 했던 터라 당연한 일인데도 수는 그 말을 듣는 순간 눈앞이 캄캄해졌다. 마치 연인에게 갑작스러운 이별통보를 받은 기분이었다. 짐이랄 것도 없는 옷가지를 배낭에 챙겨 넣고 있는 쯔메이를 수는 망연히 내려다보다가 "그런데 우리 집은 어떻게 알고 찾아왔던 거예요?"라고 시비조로 물었다. 이별이 준비되지 않은 상태에서 싸움을 걸어서라도 상대를 잡아보려는, 그야말로 쿨하지 못한 사람처럼 말이다. 쯔메이가 놀란 듯 수를 쳐다보았다. "아, 그게……." 말끝이 늘어졌다. "며칠 동안 작업실에 아무도 오지 않는 것이 이상했어요. 선생님도 없는데 아줌마들이 먼저 올까 봐 겁나기도 했고요. 제가 그곳에서 지낸다는 걸 들키면 안 되잖아요. 비밀이니까. 그런데 우연히 열어본 서랍에 매매계약서가 있는 거예요. 그래서 거기에 적힌 주소로 찾아와본 거예요. 혹시나 해서. 함부로 뒤지려 했던 건 아니었는데, 죄송합니다." 쯔메이는 자리에서 벌떡 일어나 허리를 깊숙이 구부리며 "죄송합니다. 죄송합니다."를 반복하고 또 반복했다.

그날은, 쯔메이에게 휴대폰이 없었기 때문에 수도 연락할 도리가 없었다. "그렇다면 열쇠는요?" 날카로운 말투로 채근하자 쯔메이가 허둥거리며 가방에서 열쇠를 꺼내 수에게 내밀어주었다. 작업실 스페어 열쇠였다. 수는 손사래를 치며 "그거 말고요. 아파트 열쇠 말이에요. 어떻게 내 집에 들어왔냐고요?" 그러자 고개를 갸웃거리며, "그거야, 선생님이 문을 열어주셨잖아요?"라고 반문했다. 그렇다면, 당신이 아니, 꿈이 아니었나? 수는 말문이 막혔다.

쯔메이는 배낭에서 마트료시카 인형을 꺼내어 주었다. "이

52

걸 다 만들 때까지만 머물려고 했거든요. 3백 개가 넘다 보니 오래 걸렸어요. 이건 선생님 거예요. 딱히 선물을 드릴 것도 없고, 무엇보다 제게는 잊지 못할 인연이라⋯⋯." 말을 채 맺지 않은 채 쯔메이는 또다시 허리를 숙이며 이번에는 한국말로 "죄송합니다. 감사합니다."라고 말했다. 엉겁결에 인형을 건네받은 수는 그것과 쯔메이를 번갈아 쳐다보았다. 기억을 더듬어보니 현관문을 열어주자마자 정신을 잃었던 것도 같았다. 흐릿하게 서 있던 실루엣이 당신인 줄 알았는데. 어쩌면 거처를 구할 돈도 장을 봐 오느라 야금야금 써버렸는지 모르는 일이었다. "이제 어디로 갈 거예요?" "아직은, 잘 모르겠어요." 쯔메이의 얼굴에 그늘이 드리워졌다. 예상했던 답변이었다. 수는 기다렸다는 듯이 입을 열었다. "나랑 일을 해보는 건 어때요? 완제품을 납품하는 숍이 있거든요. 쯔메이 솜씨라면 같이 작업해보는 것도 나쁘지 않을 것 같아요." 기습적인 제안에 쯔메이가 눈을 동그랗게 떴다. "그동안 작업실에서 지내세요. 급하지 않다면 돈을 조금이라도 더 모아서 나가는 게 나을 것 같은데. 그동안 나한테 한국말도 배우고요." 얼결에 튀어나온 말이었지만 수는 자신에게도 좋은 제안이라는 생각이 들었다. 지금껏 지내왔던 세월이 무색할 정도로 혼자 남는다는 것이 무섭고 두렵기도 했다. 요즘 들어 자꾸만 불길한 기운이 느껴졌던 탓도 있었다. "한국 가서 돈 벌고 싶다고 그랬잖아요. 그렇죠?" 쯔메이는 대답이나 고갯짓을 하는 대신 눈을 커다랗게 껌뻑거렸다.

그래도 될까요?

당신이 경찰에 구속되었다는 소식을 전해준 건 방직공장에 다니는 회사 직원이었다. 출장에서 돌아올 날짜가 이틀이나 지났는데도 아무런 연락이 없어서 수가 회사로 전화를 걸어 알게 된 거였다. 간단한 중국어는 할 줄 알아도 상대의 말은 잘 알아듣지 못했던 시절이라 여러 번 망설였으나 왠지 예감이 좋지 않았다. 다행인지 불행인지 당신 이름을 말하고 어디에 있느냐고 또박또박 반복해서 묻자 한국인 직원을 바꿔주었다. "저희도 황당합니다. 이렇게 뒤통수를 치다니. 곧 회사에서도 무슨 조치가 취해질 겁니다." "무슨 조치요?" 수는 직원이 하는 말뜻을 알아들었지만 도무지 현실적으로 받아들여지지 않았다. 직원은 답답하다는 듯이 "무슨 조치겠습니까? 해고죠."라고 소리치고는 전화를 거칠게 끊어버렸다. 머릿속이 하얘졌다. 친구가 다니는 공장에서 빼돌린 명품 가방과 시계 이미테이션까지 취급하게 되었다는 소식에 오히려 물건이 다양해져서 좋다고 자축하는 파티를 열었던 것이 떠올랐다. 그랬다. 한 번도 당신에게 의심을 품어본 적이 없으니까. 그런데 구속이라니.

수는 그길로 공항으로 달려갔다. 한국에 도착해 입국심사를 받으면서 다짜고짜 세관이 어디냐고 물었다. "우리 남편이 잡혀갔대요. 며칠 되었다는데 저, 어디로 가야 하죠?" 생각해보면 바보 같은 행동이었지만 그때는 다급한 마음을 주체할 수가 없었다. 갑자기 눈초리가 매섭게 돌변한 임국심사대 직원은 공항경찰을 불러 수의 여권을 넘겨주며 귀엣말을 했다. 경찰은 수에게 당신은 이미 검찰로 넘겨졌다고 알려주었다. 서울지방검찰청으로 달려가서도 수는 실성한 사람처럼 당신을 찾았다. 그곳에서 마주한 당신은 이미 이생을 떠난 사람처럼 창백한 낯빛으로 고개를 푹 숙이고 있었다. 며칠 사이 살도 몰라보게 빠져 있었다. 불구속기소로 재판에 넘겨진 당신은 수에게 중국으로 돌아가서 돈부터 마련해놓으라고 했다. 초범인 데다가 압

수된 물건이 일정 금액을 넘지 않아서 벌금형으로 마무리되었지만 그 액수가 만만치 않았다. 수는 당신이 알려준 회사 동료의 도움으로 이사부터 했다. 노숙자처럼 시커멓고 허름한 행색이거나 배만 불룩하게 튀어나온 사내들이 목이 늘어난 러닝셔츠만 입은 채로 골목을 어슬렁거리고, 집집마다 음식물쓰레기가 방만하게 버려져 있던 동네였다. 인중에 누런 콧물이 말라 있는 아이만 봐도 절로 어깨가 움츠러졌다. 벌금에서 모자라는 돈은 당신이 알아서 하겠다고 했다.

"미안해. 고생만 시키고." "아니야. 당신이 더 고생이지." 도리어 수는 당신이 걱정되어 미칠 것 같았다. 침대에 나란히 누워 미래에 대한 청사진을 들려주던 당신이 이런 위험을 감수하고 있었다니. 밤마다 갓난아기처럼 울어대는 도둑고양이 울음소리를 들으며 수는 눈물을 흘렸다. 양가 부모님에게는 걱정만 끼칠 것 같아서 당신의 일은 물론이거니와 이사했다는 사실도 알리지 않았다. 엄마는 딸자식 보겠다고 당장에 비행기를 탈 것이 분명했다. 처지를 보고는 넉넉지도 않은 살림에 앞뒤 가리지 않고 돈을 끌어모을 것도 불 보듯 빤했다. 그런다고 해결될 일이 아닌데 말이다. 행여나 아버지에게 손모가지를 잡혀 친정으로 끌려갈지도 모를 일이었다. 그러기는 정말 죽기보다 싫었다. 수는 마냥 슬퍼하고만 있을 수 없었다. 당장에 먹고사는 일이 막막했다. 사정이 딱해 보였는지 회사 동료는 당신이 다니던 방직공장에 자리 하나를 마련해주었다. 공장에서 제조된 물품을 정리하는 일이었다. 창고에는 모두 중국인들뿐이어서 수는 당신의 아내라는 것을 숨긴 채 일을 할 수 있었다. 귀동냥으로 중국어를 배울 수도 있었고 불량으로 분류된 천과 실꾸러미를 얻어 오기도 했다. 퀼트를 배워본 적이 있어서 당장에 필요한 이불이나 옷을 만들어볼 요량이었는데 우연찮게 시장에서 만난 상인에 의해 납품까지 하게 된 것이다.

쓰메이를 보고 있으면 가끔씩 그때의 자신이 떠올랐다. 동정도 연민도 아니었다. 그냥 안심이 되었다. 딱히 설명할 길은 없지만…… 그랬다. 쓰메이는 작업실로 돌아갔다. 창문으로 그 모습을 내려다보며 수는 휴대폰을 만지작거렸다.

여태껏 버텨올 수 있었던 것이 당신의 목소리 때문이었다는 건 부인할 수 없는 사실이었다. 어쩌면 당신의 손가락을 보기 전에 목소리에 반했는지도 모르겠다. 마음속에 깊은 우물을 간직하고 있는지 흉부에서부터 올라오는 목소리에는 묘한 울림과 쓸쓸한 정조가 담겨 있었다. 사이렌의 노래처럼 그 목소리에 홀려서 당신이 아름답게 느껴졌을지도. 그래서였을까. 원망과 분노에 휩싸였다가도 당신이 걸어준 전화 한 통에 모든 것이 부드럽게 풀어져버렸으니까.

비단 목소리뿐 아니라 당신이 건네는 말도 다정했다. 맥락도 없이 투정부터 부려대는 수를 포근하게 감싸주었고 자연스레 밝은 화제로 전환시키기도 했다. 입담이 뛰어나지는 않았지만 당신은 수를 웃게 만드는 재주를 갖고 있었다. 하지만 언제부터인가 서로의 안부를 물으며 "괜찮아?", "괜찮아."라는 말만 어미의 높낮이를 달리하며 핑퐁핑퐁 오가는 것이 전부였다. 당신은 수순처럼 "조금만 기다려줘. 이번이 마지막이야."라고 끝을 맺었다. 수는 허공을 캔버스 삼아 손가락으로 미래의 집과 미래의 정원과 미래의 수를 그려주던 당신이 떠올라 마음이 먹먹해졌다. "행복할 거야, 우리."라는 말이 귓전에 맴돌았다. 수는 그저 모든 게 자신 탓인 것만 같았다

전화가 뜸해지는 것이 야속하게 여겨지다가도 수는 통화를 할 때마다 울음을 터뜨린 것이 못내 마음에 걸렸다. 매번 그랬다. 아무리 결심을 하고 입을 틀어막아도 가슴에서 솟구치는 눈물은 막을 도리가 없었다. 그럴수록 볼이 부에지범 무풀녀 목구멍에서 꺼억꺼억 소리만 커질 뿐이었다. 그래놓고 괜찮다고 했으니. 수는 후회와 자괴감에 심장이 터져버릴 것만 같았다. 그러다가도 다시 화가 났고 조금 후에는 당신에게 무슨 일이 생긴 건 아닌지 걱정이 되었다. 기다림이 길어질수록 상상할 수 있는 경우의 수가 늘어나기 마련이려니. 그런데 쯔메이와 있으면 숱하게 오르내리던 감정들이 침잠하는 것을 느낄 수 있었다.

그래도 그렇지, 이번엔 너무 길다.

5

휘파람 소리를 내며 날아간 폭죽이 핑음과 함께 밤하늘에 오
색찬란한 빛으로 번졌다. 별똥별처럼 사방으로 떨어지는 불꽃
을 보며 여자들은 발까지 동동 구르며 환호성을 질러댔다. 쯔
메이가 여자들에게 대나무로 만든 폭죽을 나누어주었다. 크리
스마스를 평소보다 외롭고 쓸쓸하게 지내는 걸 보며 쯔메이가
서프라이즈 파티를 제안한 것이다. 여자들은 아이처럼 좋아했
다. 중국 춘절에 불꽃놀이를 한다는 소리를 들었지만 실제로
해본 것은 수도 처음이었다. 작업실 철문 양편에는 붉은 천에
금색 실로 수놓은 춘련(春聯)과 거꾸로 새겨진 복(福)이란 글자
가 붙어 있었다.

벌써 복이 굴러들어온 것 같네.

여자들은 살뜰하게 챙기는 쯔메이를 한껏 띄워주었다. 작업실 테이블에는 포츈쿠키가 담긴 바구니가 놓여 있었고 새알 모양으로 빚은 만두와 떡국도 준비되어 있었다. 모든 음식은 쯔메이가 한 것이고 수는 주방을 내어주고 식기류를 챙겼을 뿐이다. 쯔메이는 국물이 식을세라 휴대용 버너로 떡국을 따뜻하게 데우고 다진 고기와 하얀색, 노란색 계란고명까지 얹어 내어주었다. 떡국을 먹는 여자들의 눈가가 촉촉해졌다. 떠나오게 된 사연이야 제각각이겠지만 고향이나 가족들이 생각나는 건 매한가지인가 보았다. 그건 수도 다르지 않았다. 떡국을 뜨는 순간부터 엄마 생각에 울컥 목이 메었다. 아버지도 보고 싶었지만 처지를 들킬까 봐 친정에 걸음을 끊은 지 오래였다. 엄마가 살아 있을 때도 그랬다. 아무리 연기를 한다고 해도 엄마는 금방 알아차릴 거였다. 그렇게 되면 당신과 영영 헤어지게 될지도 모른다는 불안이 늘 발걸음을 주저하게 만들었다. 간혹 아버지에게 안부 전화를 넣긴 했는데 춘절 휴가에 대해 거짓말을 할 때가 가장 힘들었다. 해마다 당신 없이 혼자 갈 수도 없는 노릇이었다. 원체 무뚝뚝한 아버지는 "뭐하러 오냐? 제사상본다고 죽은 네 엄마가 살아 돌아온다냐? 여기 신경 쓰지 말고 너희나 잘 살아라."고 했으나 본심은 아니었을 것이다.

여자 몇몇이 훌쩍거리자 패딩 여자가 "궁상도 팔자"라면서 신년운세나 보자고 포춘쿠키를 집었다. "어디보자. 화락연불소 월명애무면(花落憐不掃月明愛無眠)이라. 이게 무슨 뜻이야?" 쯔메이가 종이를 받아서 한자를 풀어주었다. "꽃이 떨어지니 가엾어 쓸지 못하고 달이 밝으니 사랑스러워 잠을 못 이룬다는 뜻이네요." 그러자 패딩 여자가 장난스럽게 어깨를 으쓱거렸다. "내가 보기보단 마음도 약하고 낭만적인 데가 있지." 분위기는 금방 밝아졌다. 여자들은 깔깔깔 웃어대며 너도나도 포춘쿠키를 집어 갔다. 수도 노릇하게 잘 구워진 것을 하나 골랐다. 반을 쪼개보니 기다란 종이에 옥오지애(屋烏之愛)라고 적혀 있었다. 그것을 가만히 들여다보던 수는 종이를 슬그머니 코트 주머니에 넣었다. 쯔메이가 한자를 풀어주겠다는 눈짓을 보냈으나 수는 살며시 고개를 가로저었다. 여자들은 서로의 종이를 바꿔 보며 웃어대느라 정신이 없었다.

사랑하게 되면 그 사람이 사는 집에 날아와 앉은 까마귀까지도 사랑하게 된다는 뜻이었다. 거기에 당신을 대입해보면 까마귀는 당신이 지은 죄가 되는 건가. 그럴 수 있고 그래야만 한다고 생각했다. 어쨌거나 죄는 당신 것만이 아니었으므로.

그럼에도 불구하고 수는 기분이 가라앉았다. 여자들이 돌아가자 곧바로 뒷정리를 하는 쓰메이에게 술을 마시겠냐고 물었다. 여자들이 가져온 술이 한 병 남아 있었다. 이과도주였다. 술잔이 돌아가는 동안에는 한 잔도 마시지 않은 터였다. 쓰메이는 냄비에 남아 있는 떡국 국물을 안주로 내어놓으며 수의 건너편에 앉았다. "여기서 지내는 거 힘들지 않아요?" "아니요. 좋아요." "잠자리가 불편할 텐데." "아니요. 좋아요." "오가는 사람들이 전부 한국 사람들이라 외롭거나 어색하진 않고요?" "아니요. 좋아요." 물어보는 족족 자동적으로 대답을 내뱉던 쓰메이가 잠시 머뭇거리더니 "그래서 더 좋아요."라고 말을 정정했다. "작업실에만 있으면 이곳이 정말 한국이라는 착각이 들거든요. 한 번도 가보지는 않았지만 한국이라면 다르게

살 수 있을 거 같아요.” “다르게 살고 싶어요?” 경쾌하게 대답
을 이어가던 쯔메이의 얼굴에서 미소가 사라졌다. “네에.” 길
게 늘어지는 말꼬리에 한숨이 서려 있었다. 단순히 돈을 벌기
위해서가 아니라 잊고 싶은 상처가 있는 모양이었다. 이방인을
자청하는 사람들에게는 과거를 지우고 싶은 욕망이 존재하기
마련이었다. 수는 술잔을 입에 가져다 댔다. “사부님은 언제 오
세요?” 쯔메이가 물었다. “사부?” “아아, 아니, 형부인가?” 그
러면서 고개를 갸웃거렸다. 호칭이 헷갈리기도 할 것이다. 수
는 쓸쓸하게 미소 지으며 “곧.”이라고만 답했다.

당신이 딱 한 번 중국에 다녀간 적이 있었다. 사건이 마무리
되고 8개월 정도가 지난 후였다. 그러니까 수가 허름한 동네
로 이사를 하고 방직공장에 다닐 때이기도 했다. 새로운 환경
에 적응하느라 수는 세월이 그렇게 흘렀는지도 몰랐다. 하루하
루가 힘겹고 매 순간 당신을 그리워했으면서도 말이다. 당신은
수가 살고 있는 3층짜리 다세대주택 앞을 서성이고 있었다. 안
색은 어두웠지만 골목을 환하게 만들 만큼 깔끔한 차림새였다.
수는 멀리서도 단박에 당신을 알아보았지만 어찌 된 일인지 쉽

게 다가설 수가 없었다. 자석의 다른 극처럼 한 발 다가설수록 마음은 그보다 한 발 더 뒷걸음질 쳤다. 당신은 변한 것이 없는데 자신만 너무 많이 변해버린 것 같았다. 당신이 성큼성큼 다가와서 안아주지 않았다면 뒤돌아 도망쳤을지도 모를 일이었다. 수는 아라 웃음을 디뜨겼니. 당신이 눈물을 닦아주려고 했으나 검게 그을고 잡티가 생긴 얼굴이 부끄러워 고개를 들 수가 없었다. 그런데 손길이 낯설었다. 소름이 돋도록 섬뜩한 느낌이었다. 그제야 수는 당신을 올려다보며 허겁지겁 손부터 살폈다. 손등과 손바닥과 손가락 하나하나까지. 눈에 띄는 변화는 없었지만 조금 두툼해진 것 같기도 하고 거칠어진 것 같기도 하고……. 하여간 뭔가 달랐다. "왜 이렇게 됐어? 고생 많구나. 당신, 대체 뭐 하고 다니는 거야?" 수가 눈물범벅이 된 얼굴로 물었지만 당신은 손을 내어준 채로 말없이 서 있었다.

정말 괜찮은 거야?

피곤이 몰려왔다. 쯔메이도 졸음이 쏟아지는지 자꾸 눈을 비벼댔다. 원래는 식기류를 정리해 쯔메이와 함께 집으로 가려

했으나 꼼짝하기도 싫었다. 수는 새벽길이 위험할 테니 작업실에서 자는 편이 낫겠다고 했다. 괜히 잘못 나섰다가 살쾡이라도 만난다면……. 생각만 해도 오금이 저렸다. 취기도 가슴팍에서 목덜미를 타고 스멀스멀 얼굴까지 번지고 있었다. 쯔메이는 테이블에 담요를 깔고 그 위에 이불을 폈다. 지금껏 이렇게 지냈던 거구나. 수는 쯔메이가 하는 대로 보고만 있었다. 의자 여섯 개를 나란히 붙이니 몸체가 겨우 들어갈 만한 간이침대가 완성되었다. 등받이를 엇갈리게 해서 떨어질 염려는 없겠지만 어쩐지 좁고 위험해 보였다. 수는 테이블에서 담요와 이불을 걷어 바닥에 널따랗게 깔았다. "좀 지저분하더라도 이렇게 자요. 아침에 변사체로 발견되기 싫으면." 쯔메이가 엉거주춤하게 이불 펴는 것을 도왔다. "저, 선생님은?" "나도 여기서 자야죠. 술 마시면 잠버릇이 험해지거든요. 테이블에서 떨어져서 죽긴 싫어요."

수는 자리에 누워서 코트를 턱까지 끌어올렸다. 테이블 아랫부분에 야광별이 붙어 있었다. 풋, 절로 웃음이 새었다. 바닥에서도 잤던 모양이었다. "저도 가끔 잠버릇이 험해져서." 쯔메이가 민망한지 말끝을 흐렸다. 히터를 틀어놓아서 그다지 춥게 느껴지진 않았다. 수는 눈을 끔뻑이며 야광별을 바라보았다. 허공을 캔버스 삼아 당신이 손가락으로 그려주던 청사진이 떠올랐다. 마치 자연주의 화가의 작품처럼 색감이 부드럽고 평화로운 풍경이었다. 그런 생각을 엿보고 있기라도 한 듯이 쯔메이가 불쑥 끼어들었다. "정부강은 어떻게 만나셨어요?" 졸음이 가신 목소리였다. "왜요?" "아니, 그냥…… 부러워서요. 연애는 오래 하셨어요?" 호기심이 그득한 어투였다. 수는 곁눈으로 쯔메이를 넘겨보았다가 다시 야광별로 시선을 옮겼다. "아무리 포장을 해도 재미없을걸요. 유치하거나 미치광이 같거나. 연애란 게 그렇잖아요." "재밌을 거 같은데." 쯔메이가 뾰로통하게 말했다. "이해할 만한 건 너무 빤해서 시시하고, 평범하지 않은 일들은 이해를 구하기 어렵더라고요. 남의 연애에는 만나라 헤어져라 쉽게들 말하지만 자신의 연애에는 사소한 문제라도 하늘이 무너진 것처럼 심각해지는 법이니까요." 이렇게 에둘러 말할 수밖에 없었던 건 당신과 함께했던 세월을 이해시킬 방도가 없었기 때문이었다. 어떻게 설명할까. 그건 둘만이 해독할 수 있는 은밀한 언어이기도 했다.

당신을 만나지 않았다면 어땠을까.

한 번도 상상해본 적 없지만, 그랬다면 어떤 삶을 살았을까.

모르긴 몰라도 지금과는 달랐을 것이다. 당신도 그러했겠지만.

사랑만큼 개별적이고 강력한 경험은 없을 거라고 수는 생각했다. 도무지 감당할 수 없는 일도 감당하게 만들고, 사람을 고귀하게도 하찮게도 또 옹졸하거나 치사하게도 만들어놓으니 말이다. 지식이나 인격과는 아무런 상관이 없고 삶을 계획했던 것과는 전혀 다른, 생각지도 못한 방향으로 틀어놓는 것으로도 사랑만 한 게 없었다. 지나간 일들을 생각하면 정말이지 꿈보다 아득하고 자신이 겪은 일이라고는 도무지 믿어지지 않았다.

쯔메이는 잠이 들었나 보았다. 들숨과 날숨을 내뿜는 소리가 평화롭게 들려왔다. 수도 눈을 감았다. 샤워기도 없는 욕실에서 몸을 씻겨주던 당신이 그려졌다. 당신은 세숫대야에 받아놓은 물을 바가지로 퍼서 조심스럽게 머리를 감겨주었다. 수는 고개를 젖힌 채로 변명처럼 말했다. "눈에 띄지 않으려고 일부러 지저분하게 다닌 거야. 동네가 워낙 험해서……. 일종의 보호색이랄까?" 틀린 말은 아니었다. 수는 한국 사람인 것을 들키지 않기 위해 차림새나 행동에 주의를 기울였다. 하지만 당신은 등에 묻은 비누거품을 씻겨주다 말고 기어이 눈물을 보였다. "괜찮아." 수는 도리어 당신을 위로했다. 자꾸만 몸이 움츠러드는 것은 컨디션이 좋지 않아서라고 여겼다.

그때 헤어져야 했을까.

당신은 헤어드라이어로 머리칼을 꼼꼼히 말려주었다. 처음이 아니었는데 처음인 것처럼 어색한 기운이 감돌았다. 어쩌면 당신은 거짓말에 서툰 사람일지 몰랐다. 당신은 머리칼을 쓸어내려주며 빨간 줄이 그어지는 바람에 중국에 오기가 힘들었고 했다. 그러면서 구석에 놓아둔 크로스백을 끌어당겼다. 방직공장에 다닐 적에 메고 다니던 거였다. 양가죽이라 그런지 손때가 묻으니 더욱 멋스러워 보였다. 수는 당신이 지금 막 퇴근해서 집으로 돌아온 듯한 착각이 들었다. 이토록 변한 것이 없는데, 왜……. 수는 한기를 느끼며 양팔로 자신의 몸을 감쌌다. 팔뚝에 자잘한 소름이 돋아 있었다.

당신은 크로스백을 뒤적여 휴대폰을 꺼내 주었다. "이제부터 내가 전화할게. 의심을 받고 있거든. 아직도 중국에서 전화가 걸려오는 걸 알면 곤란해질 수 있어." "당신이 하는 건 괜찮고?" 얼떨결에 휴대폰을 건네받긴 했지만 수는 자꾸만 석연찮은 예감이 들었다. 당신은 어린아이를 달래듯 머리를 쓰다듬어주며 말했다. "나야 일반전화로 하니까 괜찮지. 자주 연락할게." "그냥 나도 데려가면 안 돼? 같이 가고 싶어." 그러자 당신의 손길이 멈췄다. 순간적으로 굳어지는 표정에 수는 당황했다. 시선은 수를 향하고 있었지만 다른 생각에 빠져 있는 듯했다. 수는 눈을 내리깔고 하릴없이 당신의 셔츠자락만 만지작거렸다. 이윽고 화석처럼 굳어 있던 당신의 눈동자가 서서히 움직이기 시작하면서 표정이 부드럽게 풀어졌다. 우주의 시간이 멈추었다는 걸 수만 몰랐던 것처럼 당신은 쾌활한 어조로 말했다. "당연히 그래야지. 우리가 같이 살 집을 구하고 있으니까 조금만 기다려줘. 금방 데리러 올게. 미안해. 이렇게 고생만 시키고." 그러면서 수의 어깨를 끌어안은 채 오래오래 머리를 쓰다듬어주었다. 거기에 대고 당신은 어디서 지내고 있느냐고 수

는 차마 묻지 못했다. 이보다 더 허름한 집이라도 괜찮다는 말
도 속으로만 굴렸다.

그것이 마지막 모습이었다.

6

잇새에 바늘을 물고 있는 쯔메이를 보고 있으려니 문득 궁금해졌다. "재미있어요?" 예전에 수가 많이 듣던 질문이었다. 손뜨개나 퀼트를 하는 것이 돈이나 시간, 노력 면에서 비효율적으로 비친 모양이었다. 그러니 재미라도 있어야지라는 심산으로 묻는 것이었으리라. 그만큼 답변도 빨랐다. "네!" 다음 질문은 마치 공식처럼 "뭐가 재미있는데요?"였는데, 시장을 둘러보며 천이나 털실을 고르고 디자인에 어울리는 색감과 문양을 맞춰보며 다시 조각을 만들어 다른 조각과 조각을 잇는 재미를 아무리 설명해도 되돌아오는 반응은 "그냥 사면 되죠."였다. 그럴 때마다 수는 맥이 빠졌다. 물론 완제품을 사는 것이 모든 면에서 경제적이지만 그만큼 소중함은 덜했다. 그러면 버릴 적에 미련도 덜하려나. 요즘 들어서 수는 재미는 고사하고 모든 것에 심드렁해졌다.

하고 싶었던 일이 반드시 해야 할 일이 되고 그것이 먹고사는 일과 직결되었을 때, 그래서 어떤 의미도 감정도 없이 기계적으로 행하고 있는 자신을 발견했을 때는 이미 그것을 내려놓기 힘들어진 후일 것이다. 가끔은 어디로 가는지 모르면서도 나아갈 수밖에 없는데 그것은 그러한 사실을 깨닫지 못해서가 아니라 돌아갈 곳이 없어서일지도 모르겠다. 수는 창가로 고개를 돌렸다. 앙상한 가지를 드러내고 서 있는 나무가 눈앞에 아른거렸다. 작업실에 갈 적마다 시골 마을 초입에서 늘 마주치던 나무였다. 사시사철 잎도 돋지 않는데 왜 베어버리지 않는걸까. 겨울에는 대부분의 나무들이 그러그러하여 잘 눈에 띄지 않았지만 봄여름에는 궁상맞다 못해 흉물스러워 보이기까지 했다. 제자리에 서 있는 것만으로도 위안을 받는 걸까. 절정이 지난 나무의 뒷모습이란 대체 무엇일까.

딸깍.

쯔메이가 거실 탁자에 커피를 내려놓았다. 그제야 수는 잡다하게 뻗어가는 상념에서 빠져나올 수 있었다. 춘절 휴가 동안 쯔메이와 함께 집에서 지내기로 한 것은 여러모로 잘한 일이었다. 그렇지 않았더라면 수는 우울과 무력감을 이기지 못하고 대낮부터 술독에 빠져 있었을지도 모를 일이었다. 모든 상점들이 짧게는 일주일에서 길게는 한 달까지 쉬었는데 수는 쯔메이에게 그동안 주문받은 제품들과 몇 가지 신상품을 만들어보자고 제안한 터였다. 쯔메이가 얼마만큼 감각이 있고 작업 속도는 어느 정도인지 알아보기 위해서였다. 며칠 지켜본 결과로는 대체로 만족스러웠다.

"내일 외출을 해도 될까요? 잠시 사찰에 다녀오려고요."

수는 말없이 고개를 끄덕이다가 "같이 가도 돼요?"라고 물었다. 쯔메이는 흔쾌히 좋다고 했다.

며칠째 엄마의 단상이 지워지지 않고 있었다.

수는 아침부터 설렜다. 소풍이라도 가는 기분이었다. 이사를 온 이후로 집과 작업실만 시계추처럼 오고 갔을 뿐이었다. 사찰은 작업실에서 멀지 않는 곳에 있었다. 북남쪽 방향으로 봉우리가 봉분 모양으로 둥그스름하고 야트막한 산이 있는데 그곳에 오르니 아낙네 버선 모양으로 처마가 날렵하게 치솟은 지붕이 서서히 모습이 드러났다. 산행을 할 만한 길이 별도로 나 있지는 않았다. 하지만 사람이 오르내리며 자연스럽게 만들어진 길이 있었다. 그 길을 따라 쯔메이가 앞서 걸어갔다. 이미 마른풀들이 부러지고 꺾이면서 길이 만들어져 있는데도 쯔메이는 나뭇가지로 허공을 휘저으며 자주 수를 돌아보았다. 수는 숨이 가빠오고 콧물도 비어져 나왔지만 괜찮다는 표정을 지어 보이며 가까스로 봉우리를 넘었다. 과장되게 하늘로 치솟은 처마에 비해 규모는 크지 않았다. 수는 사찰 입구를 확인하는 순간 다리에 힘이 풀렸다. 수는 입구 앞에 있는 정자를 가리키며 잠시만 쉬었다 가자고 했다. 쯔메이도 숨을 거칠게 내뱉고 있었다. "이런 곳에 사찰이 숨어 있다니 의외네요." 산자락 아래로 황량하게 펼쳐져 있는 개활지가 한눈에 들어왔다. "그래도 제법 오래된 사찰이에요. 이곳이 개발되면 산도 허물어버린다는데, 그렇게 되면 사찰은 어떻게 되는 건지." 설마……. 숨을 내쉴 때마다 입김이 구름처럼 몽글몽글 새어 나왔다.

 춘절이라 그런지 사찰 안에는 영가연등이 즐비하게 매달려 있었다. 하얀 연꽃이 하늘로 오르는 형상이었다. 그 모습이 아름다우면서도 마음을 애잔하게 만들었다. 쯔메이는 잠시 분향소에 다녀오겠다며 자리를 떴다. 그동안 수는 30위안을 주고 영가연등 등표에 엄마 이름을 적었다. 그것을 받아 든 어린 보살이 합장을 하며 망자의 극락왕생을 비노라 했다. 수도 합장으로 화답했다. 절에 다녀본 경험이 없어서 영가연등이 어떻게 달리는지는 알 수 없었으나 무늬가 고운 연꽃 모양의 백등을 보면 엄마도 좋아할 것 같았다.

 엄마는 그런 사람이었다. 어떤 것에도 환하게 웃으며 긍정적인 이야기만 했다. 수가 아프거나 다쳤을 때도, 성적이 떨어졌을 때도, 친구들과 사이가 틀어져서 기분이 좋지 않을 때도 "우리 수는 좋겠네. 지금보다는 내일이 더 나을 테니 말이야."라고 했다. 살갑게 지내던 아줌마에게 곗돈을 떼였을 때도, 심지어 아버지에게 다른 여자가 있다는 것을 알았을 때도 수는 엄마가 악다구니를 쓰거나 눈물바람을 하는 것을 본 적이 없었다. 쉽게 흥분하지 않는 모습이 기품 있어 보일지 모르겠지만 수의 입장에서는 솔직히 답답하고 서운한 적이 훨씬 많았다. 차라리 잔소리를 듣고 따끔하게 혼이라도 난다면 속이라도 시원해질 것 같았다. 수는 엄마가 자신보다 더 아파하고 속상해하고 슬퍼해주기를 바랐는지 모르겠다. 아마 그때부터였을 것이나. 엄마에게 속마음을 터놓지 않게 된 것이. 수는 아프고 슬픈 일은 감추고 좋은 것만 얘기하려고 애를 썼다.

엄격하고 고지식하며 낭만은커녕 잔정이라고는 눈곱만큼도 없다고 여겼던 아버지가 다른 여자를 만났다는 것도 놀라움을 넘어 기함할 일이었는데, 거기에 대고 엄마는 "저 양반이 겁이 많아서 그래."라고 아버지를 감쌌다. 기가 막힐 노릇이었다. 그런 걸 아는지 모르는지, 외도를 들켰다는 사실을 알게 된 아버지는 무릎 꿇고 빌어도 시원치 않을 판에 집 안의 모든 집기를 던지고 깨고 부수더니 급기야 엄마의 뺨까지 때린 다음에 집을 나갔다. 그러고는 몸을 제대로 가누지 못할 정도로 술에 취해서 돌아왔다. 엄마는 밤새 집 안을 치우며 "불쌍하다. 네 아버지."라고 처음으로 찔끔 눈물을 비쳤다.

지리멸렬하게 반복되는 일상을 뒤집거나 끝내버릴 용기는 없고 변화를 위해 택한 것이 고작 연애였다는 말인가. 만약 그것이 진짜 사랑이었다면 엄마는 어떤 표정을 지었을까. 그러고 보니 연꽃과 엄마의 삶이 닮은 것도 같았다. 아무리 오물이 가득한 현실이라도 엄마는 잎과 꽃만은 청정하게 유지하고 싶었나 보다.

사찰을 둘러보던 수는 뒤꼍으로 돌아가 툇마루에 걸터앉았다. 화단에는 동백나무 한 그루가 서 있었다. 군데군데 피어 있는 꽃을 보면서 떠오른 건 당신이 아니었다. 당신을 만나기 전에 두 명의 남자와 사귄 적이 있었는데 어쩐 일인지 그들의 얼굴이 명멸했다. 딱히 누군가가 그리운 건 아니었다. 당신과 만난 이후로는 한 번도 떠오른 적이 없는 이들이었다. 그렇다고 후회하는 건 아니었다. 오히려 당신을 만나기 위한 예비 단계처럼 여겨왔다. 더군다나 그들은 후회할 만한 상처를 남기지 않았다. 수는 길게 한숨을 내쉬었다. 그들에게는 사랑을 받기만 했다는 회한이 하얗게 스쳐 갔다. 그래서 헤어졌을지도. 그들은 하나같이 수에게 환심을 사기 위해 전전긍긍했고, 상대적으로 감정이 가벼웠던 수는 폭군처럼 군림하면서 명령과 변덕과 신경질에 쩔쩔매는 그들의 모습에 묘한 쾌감까지 느꼈다. 그건 잠자리에서도 마찬가지였다. 모든 것이 미숙할 수밖에 없는 나이였다지만 그들의 손길이 닿는 것을 수는 좋아하지 않았니. 그들은 시나지게 진지했고 호기심에 찬 소년처럼 눈이 동그래져서는 성급하게 몸의 여기저기를 더듬어댔다. 그것이 어색하고 불편하다가 점점 불쾌해졌고 결국 참을 수 없는 단계까지 이르게 되었다.

사랑이 아니었다고 깨닫는 순간 연애도 끝이 났다. 어쩌면 아버지와 엄마에게 느꼈던 반감이거나 딱히 설명할 길은 없지만 어떤 결핍의 발로였는지도 모르겠다. 수는 마지막까지 잔인하게 굴었다. 이별에 대한 이유를 묻는 그들에게 "사랑하지 않아서."라고 똑같이 말해주었다. "그것 말고 다른 이유가 있을 리 없잖아?" 연애를 하게 된 이유는 달랐어도 이별의 이유는 같았다. 그러한 사실을 깨닫게 해준 결정적인 계기나 상황이 존재했던 건 사실이었으나 그들에게 책임을 전가한다는 게 어쩐지 비겁하게 여겨졌다. 그건 그저 핑계나 변명에 불과한 거니까.

그렇다고 슬프지 않은 건 아니었다. 객관적으로도 흠잡을 데 없이 바르고 착한 사람들이었다. 다만 그때의 수는 자신을 더 사랑했고 사랑을 더 사랑했을 뿐, 그들을 사랑한 것은 아니었다는 자각이 뼈아프게 다가왔다. 한 명은 "나쁜 년."이라고 욕을 했고 또 한 명은 "그럼 왜 나랑 잤냐?"고 울부짖었다. 덕분에 수는 끝까지 우월감을 지킬 수 있었다. 이별통보에 분노한다는 것은 사랑했다는 증거이니까. 앞으로는 자신이나 사랑보다 더 사랑할 사람을 만날 거라고 다짐한 것도 그즈음이었다. 이렇게 외로운 일인 줄도 모르고.

　벌 받아도 싸지.

　수는 엄마가 했던 위로의 방식이 조금씩 이해가 되었다. 지금 모습을 보았더라도 엄마는 "우리 수는 좋겠네."라고 말해주었을 것이다. 엄마가 당신을 얼마나 좋아했는데. 당신의 손등을 연신 쓸어내리던 엄마의 눈빛에는 딸을 보내야 하는 걱정과 아쉬움이 담겨 있었다. 진정으로 누군가를 사랑해본 적도 없으면서 사랑에 실패한 적이 없고 사랑의 시작과 끝은 자신이 결정할 수 있다는 자신감과 오만함으로 수는 당신의 손에서 엄마를 떼어내며 "행복할 거야, 우리."라고 차가운 어조로 말했다. 그러면서 당신은 아버지와 다르니까, 자신도 엄마와 다르게 살 거라고 확신했다. 무작정 참으면서 무조건적으로 희망을 품는 일은 없을 거라고. 그건 능숙을 잊기 위해 모르핀을 맞는 것과 다르지 않다고 생각했다. 엄마에게 한번 다물어진 입은 쉬 열리지 않았다. 그것은 종종 위악의 형태로 모습을 드러낼 뿐이었다. 그냥 터놓고 말을 했어도 됐건만 대체 무슨 오기였는지. 수는 하늘을 올려다보았다.

미안해, 엄마.

"여기 계셨네요. 한참 찾았어요." 고개를 돌려보니 쯔메이가 강아지처럼 혀까지 내밀며 숨을 헐떡거리고 있었다. "좀 둘러보셨어요? 춘절이라 그런지 사람도 많고 어수선하지요?" 볼이 발그레해진 쯔메이가 동백꽃으로 시선이 옮기자 수가 "배고파요."라고 서둘러 말했다. 수가 순간적으로 느낀 감정은 무엇이었을까. 당신이 아닌, 다른 남자를 떠올리고 있었다는 당혹감이었을까. 어떤 질투 같은 감정도 느낀 것 같았다. "그럼 밥 먹으러 갈까요?" 자리를 털고 한발 앞서가던 쯔메이가 무언가 생각났다는 듯이 뒤를 돌아보았다. "저기 색등 보이시죠?" 수는 쯔메이의 시선을 따라 고개를 돌렸다. 분홍, 노랑, 초록, 파랑, 주황, 오색이 선명한 연등이 색색별로 매달려 있었다. "아이들을 위한 영가연등이에요. 원래 망자를 추모할 때는 백등을 걸어두는데요, 꽃을 피우지 못하고 저세상으로 떠난 아이들이 애처로워서 색등을 걸어놓은 거래요." 설명을 들으니 봄꽃처럼 천진하고 싱그러운 아이들이 와글와글 웃고 떠드는 모습이 눈앞에 그려지는 듯했다. 수는 사찰을 나서면서 몇 번이나 뒤를 돌아보았다.

죽음만큼 완벽한 부재가 있을까. 사랑하는 사람이 떠난 자리는 마음속에 그늘을 만들기 마련이었다. 그것은 상상했던 것보다 웅숭깊으리라. 그에 비한다면 당신이 허물처럼 남겨놓은 그림자는 얼마나 얄팍한 것인가.

쯔메이가 데려간 식당에서 양꼬치를 굽는 동안에도 수는 혼란스러운 기분을 감출 수가 없었다. 균열과 파란이 일어나는 속내가 표정으로 드러났는지 쯔메이가 수의 눈치를 살폈다. "여기 옥수수국수도 맛있어요. 한번 맛보실래요?" 수는 그러자고 했다. 찬바람을 쐬어서인지 국물 생각이 간절했다. 주변을 둘러보니 혼자 온 사람들은 모두 옥수수국수를 먹고 있었다. 투박하게 팬 관？ 금에서 팍팍하고 고단한 삶이 배어 나왔다. 쯔메이는 주인을 향해 눈짓과 입모양만으로 옥수수국수를 시켰다. 주인이 친근한 표정으로 받아주는 걸 보니 자주 온 모양이었다. 사찰에 다녀올 때마다 이곳에서 요기를 했는지도 모르겠다. 쯔메이는 낯을 가리면서도 상대방을 무장해제시키는 무언가가 있었다. 방어벽이 존재하면서도 맑고 투명하기에 가능한 일 같았다. 수는 자신이 분위기를 딱딱하게 만드는 것 같다는 생각에 "덕분에 영가연등도 걸고, 오랜만에 바람도 쐬고…… 좋았어요. 2년 전에 엄마가 돌아가셨거든요."라고 말했다. 쯔메이는 수의 기분이 가라앉은 이유가 이해된다는 듯이 고개를 크게 끄덕여주었다. "그래도 사랑을 많이 받으셨나 봐요." "왜…… 그렇게 보여요?" 수가 물었다. "사랑을 받아온 사람에게는 어떤 향기가 나거든요. 상처가 아물지 않고 속에서 썩고 또 썩으면 낯빛이 어두워지는 것처럼 말이죠. 사랑을 받

으면서 자연스럽게 사랑을 주는 방법도 배우게 되는 것 같아
요." 쯔메이가 바싹하게 익은 양꼬치를 수에게 건네주었다.

그러고 보니 두 번의 연애가 헛된 일은 아니었다. 충분한 사
랑을 받으면서 수는 전에는 몰랐던, 내면 깊숙한 곳에 도사리
고 있던 낯선 자아와 마주하게 되었다. 그래서였을까. 헤어졌을
당시에는 힘들지 않았지만 시간이 지날수록 그들이 보여준 사
랑이 서툴지만 순수했고 자신에게 과분했다는 자책감에 점점
마음이 괴로워졌다. 그래서 술김에 전화를 건 적도 있었다. 다
음 날 휴대폰에 찍혀 있는 발신번호를 보고 얼마나 기겁을 했
던지. 밥을 먹다가 바퀴벌레를 발견한 것보다 더 찜찜하고 짜
증 났으며 차라리 접싯물에 코를 박고 콱 죽어버리고 싶은 심
정이었다. 해장은 했느냐는 문자메시지에는 답을 하지 않았다.
그들의 말이 맞았다. 수는 나쁜 년이었다. 적어도 그들에게
는 말이다. 만약 연애가 서로 사랑하는 방식을 맞바꾸는 것이
라면 그들은 사랑에 질리고 질려 사랑하지도 않는 사람과 잠자
리를 하는 나쁜 놈이 되어 있을지도 모르는 일이었다. 그런데
당신은 달랐다. 당신은 수가 지니고 있는 수많은 자아 중에 가

장 부드럽고 밝은 모습만 끄집어내주었다. 물론 이러한 모습도 수에게 낯설긴 마찬가지였다. 이런 면이 있었다니. 수는 당신 곁에 있는 자신이 마음에 들었다. 당신을 사랑하는 것만으로도 꽤 괜찮은 사람이 된 듯한 착각마저 들었다.

"그렇게 잘 아는 걸 보니 사랑을 많이 해보셨나 봐요." "해보긴요. 만날 생각뿐이죠." 쯔메이는 장난스럽게 콧살을 찌푸렸다. "거짓말." 수는 웃음을 머금은 채로 옥수수국수를 입에 넣었다. 쯔메이 말대로 한국에서 먹어본 것과는 또 다른, 담백하고 고소한 맛이 났다. 수가 국수를 문 채로 "으음" 하고 과장된 소리를 내자 쯔메이가 엄지를 들어 보이며 "대박! 엄지 척!"이라고 한국말로 추임새를 넣었다. 한물간 것이긴 하지만 한국에서 유행한 말까지 꿰고 있다는 게 놀랍고 신기했다. 푸홋, 수는 재빨리 손으로 입을 가렸다. 하하핫, 그러나 한번 터져버린 웃음은 쉬 멈추질 않았다. 하하하핫, 눈물이 날 것 같았다. 그렇게까지 우스운 것도 아니건만 계속해서 웃음이 비어졌다. 순간 장난기가 발동했는지 쯔메이가 입술을 오그리기도 하고 양쪽으로 길게 찢기도 하면서 엄지와 검지를 동그랗게 붙이고는 경극 배우 춤사위를 흉내 냈다. 수는 입을 가렸다가 무릎까지 쳐대기를 반복하며 더욱 큰 소리로 웃었다. 하하하핫, 하하하핫, 가슴 한편에 남아 있던 감정의 여운 때문인지 뜨거운 온기를 품은 눈물이 볼을 타고 흘러내렸다.

겨울이 지나고 있었다.

7

　당신에게 전화가 걸려온 건 입춘이 지나서였다.

　갑작스레 주문량이 많아지는 바람에 봄이 오는 줄도 모르고 있었다.

　수는 상해 티엔즈팡에 있는 상점에 퀼트로 만든 완제품을 납품하고 있었다. 타이캉루에 위치한 그곳은 방직공장에 다닐 적에 알게 되었는데 예술가들의 거리로도 유명했다. 작은 갤러리와 부티크숍이 밀집되어 있는 골목에는 젊은 디자이너들이 만든 개성 있는 제품이 넘쳐나서 중국인은 물론 관광객들에게도 인기가 높은 곳이었다. 수도 그런 곳에 상점을 내고 싶었지

만 여건이나 시간이 따라주질 않았다. 집도 너무 멀었다. 그러
다가 한 디자이너를 알게 되었는데 주로 퀼트 이불이나 조각보
를 만드는 사람이었다. 수는 무작정 찾아가서 일을 돕고 싶다
고 했다. 그 순간만큼은 무엇에 홀린 듯했다. 벽에 걸려 있는 제
품들이 지닌 문양과 색감도 수를 상점 안으로 이끌기에 충분했
다. 수의 사정을 알게 된 그녀는 자신이 디자인한 제품들을 수
공으로 만들어보겠느냐고 제안했다. 물론 오케이였다. 수는 방
직공장까지 그만두고 본격적으로 퀼트에 매진했다. 시간에 비
해 수입은 적었지만 노동과 인간관계에 지쳐가던 수는 무엇보
다 집에서 혼자 하는 작업이라는 것이 마음에 들었다. 한 디자
이너는 주로 단골에게 선주문 받은 것을 만들었고, 수는 뜨내
기손님이나 관광객들에게 판매하는 제품을 담당했다.

　그런데 상해에 다녀온 쯔메이가 다른 상점 두 곳을 트게 된
것이다. "똘똘한 친구가 들어왔더라." 두 곳 모두 한 디자이너
가 다리를 놓아준 모양이었다. 한 곳은 젊은이들 취향에 맞는
선물 가게였고 다른 한 곳은 전통차에 어울리는 다기와 커피용
품을 취급하는 상점이라고 했다. "그 친구가 선물로 준 인형과

컵받침이 너무 예뻐서 내가 팔아볼 의향이 없냐고 물어본 거야. 마침 상점 주인들이 찾는 아이템이었거든. 자기가 손뜨개도 하는 줄 몰랐네. 그나저나 자기는 언제 얼굴 보여줄 거야?" 한 디자이너의 발음과 말투는 반죽이 잘된 수타면처럼 쫄깃쫄깃해서 언제나 귀에 차차 감겼다. 히씬 갑작스러운 소식에 수는 아무런 대꾸도 못 했다. "작업실에 만들어놓은 퀼트 제품도 많다며? 한번 들고 나와보는 건 어때? 같이 점심 하자. 보고 싶다." "네. 그럴게요." 수는 기약 없는 약속에 고맙다는 말을 세 번이나 덧붙였다.

한 디자이너는 수에게 은인 같은 사람이었다. 하지만 이사를 온 이후부터는 작업실을 운영한다는 핑계로 만나지 못했다. 일도 전화와 소포로 처리해온 터였다. 그러다가 쯔메이에게 제품 분위기를 익히도록 할 겸 해서 원단 가게와 한 디자이너 상점에 심부름을 보낸 것이다. 그런데 선물까지 준비했을 줄이야. "제법이네요. 휴대폰부터 사야겠는걸요." 반복되는 작업이 겨울만큼이나 지루하다 못해 지긋지긋해지던 참이었는데 쯔메이가 봄날을 알리는 까치처럼 반가운 소식을 물어 온 셈이었다.

다시금 활력이 솟았다. 하마터면 당신에게 걸려온 전화도 받지 못할 뻔했으니까. 라디오에선 임유가가 부른 〈재별강교(再別康橋)〉가 흐르고 있었다. 쉬즈모의 시를 모티브로 만든 노래라고 했다. 수는 원단을 자르며 허밍으로 노래를 따라 불렀다.

하지만 더 이상 노래를 부르지 못하네.
고요함은 이별을 알리는 생황과 통소요,
여름벌레도 날 위해 침묵을 지키네.
오늘 밤 케임브리지는, 침묵이어라.

살며시 난 떠나네. 내가 살며시 왔듯이.
살며시 손을 흔들며 서쪽 하늘의 구름과 작별을 고하네.

그때 벨이 울렸다. 수는 휴대폰을 두 대 갖고 있었는데 노랫말마따나 '이별을 알리는 생황과 통소'처럼 묵묵부답이었던 휴대폰에서 익숙하면서도 낯선 리듬이 흘러나왔다. 수는 거실 바닥에 널따랗게 펼쳐놓은 원단을 허공으로 휘이휘이 휘날리며 휴대폰을 찾았다. 당신밖에 없었다. 그 휴대폰으로 전화를 걸 사람은.

여보세요?

황급히 전화를 받는 수에게 당신은 웃음으로 인사를 대신했다 "뭐 해?" 마치 어제 통화했던 사람처럼 익숙하고 편안한 목소리였다. "그냥." 수는 온몸에 나 있는 솜털이 곤두서는 느낌이었다. 그런 면에서 사랑은 육체의 언어인지도 몰랐다. 언제나 이성보다 육체가 먼저 반응했다. 비단 섹스만을 의미하는건 아니다. 감각기관이 열리면서 본능적으로 상대를 알아보고가끔은 이성을 배반하면서 어떤 논리도 분별도 없이 걷잡을 수없이 빠져들게 만드는 무언가가 있었다. 그것은 사랑하는 상대와도 나눌 수 없고, 설명할 수도 없는, 혼자만 알아들을 수 있는밀어와도 같았다. 두 번의 연애가 사랑이 아니었다고 확신한것도 육체가 먼저 짜증을 부리다가 침묵해버렸기 때문이었다.하지만 당신은 달랐다. 목소리만 들어도 손길이 맞닿은 것처럼수는 몸속에 전류가 흐르는 희열을 느꼈다. 당신을 원망할 때마저도 심장박동이 빨라지거나 입술 언저리가 떨려왔다. 사랑말고는 다른 어떤 것으로도 설명할 수 없는 반응이었다.

"어떻게 지냈어?" 당신의 목소리가 조금 변한 것 같았다. 그 것이 감지되고부터 쭈뼛 곤두서고 휘몰아치던 마음이 순식간 에 가라앉았다. 이건 또 무슨 징후일까. 기분이 좋지 않은 건 지, 아니면 몸이 아픈 건지 알 수 없었으나 확실히 느낌이 달랐 다. 야위고 어두웠던 낯빛이 눈앞에 아른거렸다. "나야 뭐. 당 신은…… 괜찮아?" "응, 괜찮아." "왜 이렇게 연락이 없었어?" "미안해. 조금 바빴어." "당신, 정말 괜찮은 거야?" "그럼, 괜찮 지." 언제나 그랬듯이 6개월 치 안부는 또 '괜찮아'만 연발하다 가 싱겁게 끝이 났다. 할 말이 많았던 것 같은데 하나도 생각나 지 않았다.

어색한 침묵이 흘렀다. 대화가 오가지 않는 사이에도 아귀가 맞지 않는 탁자처럼 어딘가 모르게 삐거덕거리고 있었다. "이 사한 곳도 못 가보고. 미안해." "저번에도 사과했잖아." "그러 게. 미안해." 당신이 했던 '미안하다'는 말을 이으면 털실 한 타 래는 나올 것이다. 낡은 스웨터처럼 당신과의 관계에서도 올이 풀리는 것 같다는 예감에 수는 기분이 언짢아졌다. 하지만 오 랜만에 통화를 하는 거라 그런 감정을 허심탄회하게 내보일 수도 없었다. 할 말이 그것밖에 없느냐고 속으로 울화통을 터뜨리고 있던 차에 당신이 "주소가 어떻게 된다고 했지?"라고 물었다. 다시금 귀가 쫑긋 세워졌다. "왜? 오려고?" "음…… 그래야지. 얼른 가서 우리 예쁜 각시도 데려와야지." 목소리가 떨리긴 했지만 당신이 웃고 있는 듯했다. 수는 집과 작업실 주소를 알려주고는 제대로 적었는지 몇 번이나 확인했다. 당신이 자신보다 중국어에 능통하다는 사실을 깜빡 잊은 것이다. 수는 인터넷이 설치되지 않는 동네라고 투덜거리며 당신이 있는 곳으로 편지를 보내겠다고 했다. 하지만 당신은 잘 적었다고 수를 안심시켰다. "정말이지?" 수는 전화를 끊은 후에도 휴대폰이 당신이라도 되는 양 품 안에 끌어안았다. 만세라도 부르고 싶은 심정이었다.

새해 들어서 좋은 일만 생기는 것 같아.

수는 동방슈퍼마켓까지 가서 장을 보고, 집으로 돌아오는 길에 쯔메이에게 선물할 휴대폰을 개통했다. 평범한 중국 가정에서는 무엇을 먹는지 궁금해서 서점에 들러 요리책도 한 권 샀다. 쯔메이가 그랬던 것처럼 그녀에게 푸짐하게 한 상 차려주고 싶었다. 수는 레시피를 보면서 매콤한 가지볶음과 단호박훈제오리찜, 자차이무침, 버터새우구이와 생선국을 준비했다. 예전에 담가놓은 양파피클과 고추장아찌도 반찬으로 곁들였다.

쯔메이는 감탄사를 연발하면서 "오늘 생일이세요?"라고 수에게 물었다. "생일보다 더 기쁘고 특별한 날이지요." 수는 쯔메이에게 와인을 따라주었다. 성급한 면이 없진 않았지만 벅차오르는 감정을 누구에게라도 터놓지 않고는 배기지 못할 것 같았다. 지금 막 새롭게 일을 시작한 쯔메이에게는 미안한 마음이 앞서기도 했고 또 한편으로 걱정도 되었다. 하지만 쯔메이는 수가 남편과 한국으로 돌아갈지도 모른다는 말에 자기 일처럼 축하해주었다. "아직 날짜가 정해진 건 아니에요. 여유가 있긴 하지만 지금 하는 일들을 부지런히 배워두셔야 할 거예요. 쯔메이라면 충분히 잘해낼 거라고 믿어요." 수가 휴대폰을 건네주자 쯔메이가 눈을 휘둥그레 떴다. 감동을 했는지 고맙다는 말도 내뱉지 못하고 입만 벙긋거리고 있었다. "이제 서로 연락할 일도 많아질 테니까요. 그리고 내가 연락 안 되는 걸 무척이나 싫어하거든요." 수는 와인 잔을 입에 가져다 대며 당신을 떠올렸다. 통화를 하면서 서걱거렸던 감정은 서운한 마음에 투정을 부린 것뿐이라고 스스로 위로했다. 하지만 그에 반하는 속삭임도 마음 깊숙한 곳으로부터 들려오고 있었다.

"아, 참! 요즘 아파트 주변에서 이상한 기운 같은 거 못 느꼈어요?" 나는 내면에서 웅웅거리는, 굴절되고 어딘가 비틀어진 음성을 외면하며 말을 돌렸다. "네? 어떤 거요?" "확실한 건 아닌데요, 어딘가 수상한 사람을 본 것 같아서요. 아무튼 조심하는 게 좋겠어요. 문단속도 잘 하고요." 말을 눙치고 말았으나 라디오 주파수를 잘못 맞춘 것처럼 잡음이 뒤엉킨 불길한 소리는 쉬 잦아들지 않았다. 무슨 내용인지 알 수 없었지만 또 알 것도 같았다. 당신에게 매번 들어왔던 '미안하다'는 말도 예전과 다르게 느껴진 것이 사실이었다. 수는 와인을 단숨에 들이켰다.

바라고 또 바라던 일들이 이루어지면 간절했던 마음만큼 불안해지기 마련이니까.

다음 날부터 작업은 더욱 활기를 띠었다. 수는 밥을 먹고 화장실 가는 시간도 아까워하며 바느질을 했다. 쯔메이도 곁에서 수가 바이어스로 사용할 원단을 미리 잘라놓거나 코바늘로 복주머니 모양의 파우치나 컵받침 같은 소품들을 만들었다. 라디오와 티브이는 켜놓은 상태였지만 슬쩍슬쩍 화면을 넘겨보거나 노래를 흥얼거릴 여유조차 없었다. 수는 자꾸만 마음이 급해졌다. 당장 내일 당신이 데리러 오겠다고 약속이라도 한 것처럼 쯔메이에게 퀼트에 관해 이것저것 알려주느라 정신이 없었다. 쯔메이는 코바늘뜨개에 비해 퀼트는 서투른 편이었다. "넉넉하게 만들어놓은 다음에 납품은 기존 물량대로 하면 여유가 있을 거예요." 수는 엄지와 검지가 벌겋게 부어올랐지만 통증도 아랑곳하지 않고 밤낮없이 바느질만 했다. 쯔메이는 손끝이 야무지니 어느 정도 시간만 벌어놓으면 작업 속도야 금방 따라잡을 수 있을 것 같았다. "감사합니다." 쯔메이가 고개를 들지 않고 말했다. "말이 짧아졌네요." 하고 수는 농담처럼 받아치고는 슬며시 미소를 지었다. "한국에서 돈 벌 거란 생각 하지 말고 여기서 자리를 잡는다고 생각해요. 연고도 없이 혼자 이방인으로 산다는 건 상상하는 것보다 훨씬 외롭고 어려운 일이거든요. 상처를 받더라도 내 나라, 내 사람들이 좋아요."

수는 말하는 동안에도 마음은 벌써 비행기를 타고 한국으로 날아가고 있었다. 하루빨리 당신과 손깍지를 끼고 소박하고 평범한 삶을 꿈꾸고 싶었다. 손가락이 손가락 사이를 파고들던 부드러운 감촉과 체온이 못 견디게 그리워졌다. 수는 오른손과 왼손이 맞닿은 운명선에 순응하며 더 이상 인생에 드라마틱한 사건이나 낭만적인 이벤트를 바라지 않겠다고 다짐하고 또 다짐했다. '그래도'가 아니라 '그래서' 행복할 거라고 믿었다. 그러니 당신만 있으면 된다고.

적어도 라신이 나타나기 전에는 그랬다.

8

그날은 눈이 부시도록 화창한 날이었다.

여자들은 점심부터 모여서 또 살쾡이 타령을 하고 있었다. 여느 때와는 다르게 수도 여자들의 수다에 귀를 기울였다. 아파트 주변을 맴도는 수상한 기운 때문이었다. "이번에는 처음 보는 놈이던데요." "아니야. 그놈이 그놈이야. 요즘 들어서 많이 야윈 거 같긴 하더라고. 예전 눈빛이 더 섹시했는데. 쯧쯧." "성님도 보셨구먼요?" 자주색 여자가 묻자 패딩 여자가 심드렁하게 대꾸했다. "당연하지. 근데 뭐, 땅 보러 오는 거 아니겠어? 개발한다 하면서 차일피일 미뤄지니 기운이 빠질 만도 하겠지. 그런데 정말 하긴 하려나 보네. 끊임없이 나타나는 걸 보면."

기온이 훌쩍 올라갔는데도 패딩 여자는 여전히 패딩 차림이었다. "여기 개발되면 나는 또 어디로 가야 하나." "왜요? 살기 편해질 텐데요. 그래서 성님도 이제나 하려나 저제나 하려나 만날 궁금해하던 거 아니었어요? 그래서 살쾡이가 어디메 있는가 저기메 있는가 살펴봤던 거 같은데요." 시꺼먼 의사가 혜숙거리자 패딩 여자가 버럭 화를 내려다가 "그냥……. 그냥 심심해서 그런 것뿐이야. 달리 바랄 것도 없으니까, 그냥 해본 말이었다고. 그리고 설령 바랐다고 쳐. 아무리 그래도 막상 이루어지고 나면 그게 다 짐이라고, 짐. 자기도 알면서 그런다. 아무튼 난 사람 북적거리고 복잡한 거 딱 질색이야."라고 하면서 고개를 잘게 흔들었다. "그나저나 그 아가씨가 안 보이네. 중국인형 아가씨, 오늘 안 오려나?" 그제야 여자들이 주위를 둘러봤다. "바쁜가 보죠, 뭐." 수는 모른 체하며 답했다.

아직 말은 하지 않았지만 한국으로 돌아가게 되면 작업실을 쯔메이에게 넘길 계획이었다. 중국 생활에 안정감을 갖게 해주었을뿐더러 수가 각별하게 애정을 쏟은 곳이기 때문이었다. 그것을 쯔메이가 이어가기를 수는 내심 바랐다. 쯔메이는 아침 일찍 상해로 보냈다. 새로운 상점에 처음으로 납품을 하는 날이기도 했고 방구들에서 바느질만 하는 것보다 한 디자이너 스타일을 눈에 익혀두는 것이 무엇보다 중요하기 때문이었다. 바느질이야 서툴면 재봉틀을 써도 되지만 감각은 가르쳐서 되는 게 아니었다. 한 디자이너는 제품이 아니라 작품이라 불리어도 손색이 없을 정도로 독특한 미적 감각을 지니고 있었고, 가끔 박람회에 출품하거나 개인전을 열기도 했다.

쯔메이는 욕실 거울 앞에서 심호흡을 하고 있었다. 떨리는 모양이었다. 잠자코 뒷모습을 지켜보던 수는 옷장에서 감색 원피스와 분홍색 카디건을 꺼내 왔다. 당신과 함께 지내던 시절에 입던 거였다. 그건 당신이 좋아하는 스타일이기도 했다. 당신은 무릎에 닿을락 말락 하는 길이의 플레어원피스에 파스텔 컬러 카디건을 걸치거나 허리와 엉덩이 라인이 곡선으로 드러나며 몸에 살짝 밀착되는 H라인 원피스에 재킷을 입은 여자들이 가장 섹시하게 보인다고 했다. 남들의 시선을 의식하면서 허벅지 사이에 몰래 손을 집어넣거나 카섹스를 하는 것이 성적 판타지라는 것을 알게 된 수는 당신을 만족시키기 위해 당신이 좋아하는 옷을 입고 약간의 수치심과 모멸을 참아가며, 또 때로는 흥분한 것처럼 연기도 해가면서 스릴을 즐기는 당신에게 기꺼이 몸을 내주었다. 꽃 같은 시절이었다.

쯔메이가 제자리에서 빙그르르 돌면서 소녀처럼 웃었다. 구름 한 점 없이 청명한 날씨와 잘 어울렸다. 패딩 여자가 보았다면 '보기만 해도 춥다'면서 인상을 찌푸렸을 테지만. 수는 쯔메이의 어깨에 손수 만든 케이프 망토를 둘러주었다. "저녁에는 쌀쌀해질 거예요." 쯔메이는 수줍은 표정으로 고개를 끄덕이고는 사뿐사뿐 집을 나섰다.

예쁘네. 정말 꽃 같아.
수는 당신의 눈빛이 그리웠다.

창문에 부딪치는 바람결이 예사롭지 않았다. 어스름이 내려앉으면서부터 바람이 갑자기 거세지기 시작하더니 동쪽에서 서쪽으로 다시 서쪽에서 북동쪽으로, 아래에서 위로 어지러이 소용돌이치고 있었다. 휴대폰은 꺼져 있었다. 배터리 충전하는 걸 깜빡한 걸까. 한 디자이너에게 물건을 잘 전달했다는 통화를 할 적에 목소리가 미세하게 떨리는 것 같았는데. 수는 쯔메이에게 무슨 일이 있는 건 아닌지 걱정이 되었다. 처음 납품하는 상점 주인들에게 한 소리를 들은 걸까. 아니면 기차를 놓쳤나. 행여 길을 헤매고 있는 건 아닐까. 수는 불길한 예감에 자주 벽시계를 올려다보았다. 도착 시간이 생각보다 늦어지고 있었다.

상해까지는 기차로 네 시간 거리였는데 역에서 집으로 오는 길에는 가로등이 없었다. 그래서 어두워지기 전에 돌아오라고 단단히 일러둔 터였다. 별일이야 있겠어? 수는 가스레인지 레버를 돌렸다. 타다닥, 소리가 나면서 동그랗게 불꽃이 일었다. 완자탕이 담긴 냄비가 예열이 되는 동안에도 스산한 예감은 마음속에 고스란히 고여 있었다. 쯔메이가 오면 같이 먹으려고 끓인 건데. 수는 국자로 완자탕을 뜨려다 말고 집을 박차고 나섰다. 스웨터로 스며드는 바람이 찼다. 다행히 아파트 단지 입구에 택시가 서 있었다. 수는 기사에게 작업실 위치를 설명하면서 발을 동동 굴렀다. 무릎을 부여잡아도 다리가 자꾸만 떨려왔다.

멀리서 작업실 창문이 반짝거렸다. 그제야 수는 가슴을 쓸어내렸다. 그러면 그렇지. 수는 택시기사에게 되짚어갈 거니까 잠시만 기다려달라고 부탁하고는 작업실로 뛰어갔다.

    그런데 이상하다. 작업실 철문이 열려 있었다. 안에서는 어떠한 기척도 느껴지지 않았다. 창고에 갔나? 수는 조심스레 작업실로 들어서면서 창고께를 넘어다보았다. 창고문은 닫혀 있었다. 불도 켜두고…… 어디를 간 거지? 수가 철문을 닫으려는데 테이블 아래에 떨어져 있는 운동화 한 짝이 보였다. 쯔메이가 신고 다니던 운동화였다. 수는 문고리를 잡은 채로 두리번거리며 쯔메이를 불러보았다. 목울대가 떨려서 소리가 잘 나오지 않았다. 심장이 밖으로 튀어나올 듯이 두방망이질 쳐댔다. 그때 테이블 저편에서 신음 소리가 흘러나왔다. "저, 저, 여기." 수는 황급히 테이블을 돌아갔다. 쯔메이가 쓰러져 있었고 바닥에 점점이 피가 떨어져 있었다. "이게 어떻게……." 수는 바닥에 주저앉아서 어찌할 바를 몰랐다. 허리를 움켜쥐고 있는 쯔메이의 손가락 사이로 피가 흘러나오고 있었다. "죄송해요. 옷에, 저, 옷에 피가 묻어……."

    수는 쯔메이를 품에 안고 소리를 질렀다. "살려주세요. 저기, 누구 없어요?" 울음도 동시에 비어져 나왔다. "아! 아, 아, 아저

씨!" 수는 작업실을 뛰쳐나가며 살려달라고 미친 듯이 울부짖었다. 그 소리가 어둠 속에서 파장을 일으키며 바람과 뒤섞였고 갈대숲이 성난 파도처럼 일렁거렸다.

대체 어떻게 된 거야?

다섯 시간에 걸쳐서 봉합 수술을 마친 외과의사는 "천만다행"이라고 했다. 칼끝이 조금만 더 깊숙이 들어갔어도 생명이 위험했을 거라고도 덧붙였다.

마취에서 깨어난 쯔메이에게 의사소견을 전하며 어찌 된 일인지 물었더니 그녀는 몸을 일으키려다가 다시 자리에 누우며 눈살을 찌푸렸다. 아무래도 움직이는 건 무리였다. "저게 살렸네요." 쯔메이가 가리킨 곳을 돌아보니 쇼핑백이 놓여 있었다. 무슨 말인가 싶어서 쇼핑백을 펼쳐보니 피 묻은 옷가지와 운동화 위에 인조가죽으로 만든 전대가 놓여 있었다. "소매치기 당할까 봐 허리에 묶고 다녔거든요." 쯔메이 말대로 전대 한가운데에 칼자국이 나 있었다. 지퍼를 열어보니 상점에서 수금해온 돈도 찢겨 있었고 지폐 끄트머리에 피가 살짝 묻어 있었다.

"차라리 주고 말지." 수는 한숨을 내쉬었다. 직접 납품하러 왔으니 통장으로 송금하지 않고 곧바로 수금해주겠다고 했던 상점 주인들이 이렇게 고마울 수가 없었다. 지폐가 한 장이라도 더 있어야 칼날도 그만큼 방해를 받게 될 테니 말이다.

작업실 첫문을 연지마과능 뒤에서 입을 틀어막으며 칼로 찔렀기 때문에 쯔메이는 범인의 얼굴을 보지 못했다고 했다. "왜 집으로 오지 않고?" "충전해서 전화부터 드리려고 했어요. 작업실에서 챙겨 갈 게 있을지도 모르잖아요. 그런데 옷이 망가져서 어떡해요." 쯔메이는 금방이라도 울음을 터뜨릴 듯이 말했다. 그깟 게 뭐라고.

살쾡이 짓이었을까. 범인은 범행현장에 다시 나타나기 마련이려니. 사건이 있은 후부터 수는 작업실로 들어설 때마다 주변을 살폈고 여자들이 돌아가는 시간에 맞춰서 작업실을 나서곤 했다. 혼자 남아 있는 것이 어쩐지 으스스하고 무서웠던 탓이었다. 여자들에게는 터놓지 못했지만 작업실 바닥에는 쯔메이가 흘린 핏자국이 희미하게 남아 있었다.

아니나 다를까 어떤 사내가 작업실 주변을 어슬렁거리는 것이 시야에 포착되었다. 수는 패딩 여자의 팔짱을 끼며 "저 사람인가요?"라고 나지막하게 물어보았다. "누구? 살쾡이?" 패딩 여자는 눈을 가늘게 뜨고 갈대숲 너머를 바라보았다. "어디 보자. 그런 것 같기도 하고, 아닌 것 같기도 하고. 컨디션에 따라서 분위기가 좀 변하거든." 하지만 시선이 스치자마자 황급히 고개를 돌리는 품새를 보아하니 범인이 맞는 것 같았다. 반대 방향으로 가는 척하면서 슬쩍슬쩍 돌아보는 것만 봐도 그러했다. "어, 어, 어, 자기 왜 그래?" "뒤돌아보지 마세요." 수는 패딩 여자의 팔을 잡아끌며 걸음을 빨리했다.

집에 오자마자 조금 전 상황을 늘어놓았더니 쯔메이는 별일 아니라는 듯이 너털웃음을 지었다. 그러면서 한 손으로 상처 부위를 감쌌다. 쯔메이는 퇴원한 이후에 수의 집에서 지냈는데 엎드리거나 혼자 일어서는 것은 힘들어도 소파에 비스듬하게 기대어 손뜨개를 할 수 있을 정도로 차도를 보이고 있었다. "그 사람은 아니에요. 제가 잘 알거든요." "뭐라고요? 아는 사람이라고요?" 순간 잘못 들었나 싶었다. "네. 여러 번 마주친 적 있어요." 쯔메이가 말을 이으려다 말고 잠시 머뭇거렸다. 광대부분이 발그레해지면서 입가에 미소가 어렸다. "저를 쫓아다녔거든요." "어디서? 언제부터요?" 수는 정신이 아찔해져서 다그치듯 물었다. "언제부터인지는 정확하게 모르겠어요. 집 앞에서 마주친 적도 있고 작업실 근처에서도 가끔 봤어요. 그런데 힐끗 민망해서 바라보다가 놓아서버리니까……. 아무래도 저를 기다린 것 같았어요." 쯔메이는 말을 해놓고는 부끄러웠는지 양손으로 얼굴을 가렸다. 기가 막혔다. 이럴 수가. 수는 입을 벌린 채로 이마를 짚었다.

사랑에 빠지면 착각을 하기 마련이다. 상대의 마음을 모두 읽어낼 수 있을 거라는 착각. 그래서 눈빛을 오해하고 무심결에 하는 행동에도 의미를 부여하며 별 뜻 없이 내뱉는 말이나 말투, 단어 하나하나까지 예민하게 곱씹어대다가 끝끝내는 제멋대로 결론을 내버리는 것이다. 어이없을 정도로 유치하고 엉뚱한 방향으로 흐르는 것도 모른 채로 말이다. 수는 자신도 다르지 않았다는 자각이 들었다. 거기에 다른 사람들이 조언이라도 해줄라치면 손사래를 치거나 귓등으로 흘려보내기 일쑤였으니. 오죽하면 사랑에 빠진 사람은 술독에 빠진 것과 같다는 속담이 생겨났을까.

　그래도 그렇지!

　쯔메이가 하는 말이 사실이라 하더라도 수는 말리고 싶었다. 반사적으로 위협을 느꼈을 만큼 그는 음습하면서도 매서운 분위기를 지니고 있었다. "수줍어서 그랬을 거예요. 웃는 모습이 얼마나 선한데요." "네에? 그렇다면 얘기도 해봤다는 거예요?" 순간적으로 목소리가 날카롭게 치솟았다. 그러자 눈이 휘둥그레진 쯔메이가 외려 의아하다는 표정을 지어 보였다. "딱 한 번이요. 집 앞에서 마주쳤는데 작업실까지 따라왔더라고요." "그래서요?" "여기서 지내냐고 묻기에 그렇다고……." 기가 탁 막혔다. 그렇다면 지금까지 아파트 주변에서 느끼던 수상쩍은 기운이 바로 그였단 말인가. 한번 품었던 의심이 확신을 향해 전력질주를 하고 있었다. "그랬더니요?" "그냥 아무 말 없이 돌아가더라고요. 그게 전부였어요. 무슨 문제라도." 쯔메이는 말을 채 맺지 못하고 입을 다물었다. "그 사람이 웃었다면서요? 왜 낯선 사람한테 그런 걸 가르쳐줘요? 살인미수범이면 어쩌려고

108

요?" 쯔메이는 앞니로 입술 각질을 잘근잘근 씹어대며 "아니에요, 그런 사람."이란 말만 신음처럼 내뱉었다. 답답해서 미칠 지경이었지만 수는 애써 흥분을 가라앉히며 차분하게 다시금 물었다. "또 마주치면 어떻게 할 거예요? 만날 거예요?" 쯔메이는 대답하지 않았다.

더 이상 대화를 이어가는 게 의미가 없었다. 아무리 위험한 사람이라고 어르고 달래봤자 이미 그에게 마음이 기울 대로 기운 쯔메이는 믿지 않을 것이다. 더군다나 심증뿐이지 않은가. 쯔메이가 말한 대로 그런 사람이 아니기를 바라는 수밖에 지금으로서는 다른 방도가 없었다. 하지만 그러면 그럴수록 석연치 않은 마음도 부피를 더해갔다. '설마'와 '혹시' 사이를 갈팡질팡 수없이 오가던 수는 그동안 쯔메이가 위험을 감지하지 못한 이유가 내심 이해되기도 했다.

당신에게도 그랬을까.
주방에서 찬물을 들이켜던 수는 문득 궁금해졌다.

9

그와 마주친 건 며칠이 지난 후였다. 작업실로 가려고 집을 나서는데 저편에서 그림자가 숨어드는 기운을 느꼈다. 여느 때 같으면 움찔 피했을 테지만 이번에는 달랐다. 수는 아파트 모퉁이를 돌아갔다. 아니나 다를까 소각장 근처를 어슬렁거리는 사내가 있었다. 수는 그가 쯔메이가 말한 사람이라고 단박에 직감했다. 수는 걸음을 멈추고 그를 불렀다. "이봐요." 분명히 들리도록 불렀는데도 그는 주변을 두리번거리며 딴청을 피웠다. 수도 따라서 시선을 돌려봤지만 주변에 오가는 사람은 없었다. 수는 한 발 가까이 다가서면서 "저기, 여보세요?"라고 또박또박 큰 소리로 불러보았다. 마지못해 그가 쭈뼛쭈뼛 뒤를 돌아보았다. 작업실 근처에서 보던 사람인지는 확신할 수 없었지만 어딘가 닮은 구석이 있는 것 같았다. "여기서 뭐 하세요? 혹시, 기다리는 사람이라도 있나요?" 수가 단도직입적으로 물었다. 그가 무슨 말이냐는 표정으로 쳐다보았지만 수는 물러서지 않고 한 발 더 다가섰다. "저번에 마을 건너편 개한기 부근에서도 뵈었던 분 같아서요. 개발업자이신가요? 아니면……." 혹시나 하는 마음에 넘겨짚은 건데 유난히 검고 커다란 눈동자가 불안하게 흔들렸다. 수는 경계심을 풀도록 한풀 꺾인 목소리로 떠보았다. "저기, 같이 사는 친구가 안다고 하더라고요. 그래서 혹시 그 친구를 기다리시나 해서요." 그러자 그가 겸연쩍게 웃어 보였다. 정말 눈매가 굽어지면서 살인미수범이라고는 상상할 수 없을 정도로 순박하고 선한 인상이 되었다. 그 모습에 수도 흔들렸던 것 같다. "잠시만 여기서 기다리세요. 제가 데리고 나올게요."

괜한 의심을 품은 걸까?

그렇지 않아도 의기소침해 있는 쯔메이가 마음에 걸리던 차였다. 쯔메이는 자주 멍해져 있었고 가끔 한숨을 내쉬었다. 다시 집으로 올라간 수는 쯔메이에게 "그가 찾아왔어요."라고 한숨을 쉬듯 말했다. 처음에는 알아듣지 못했는지 멀뚱하게 쳐다보던 쯔메이의 표정이 점점 환해지는가 싶더니 환호성이라도 지를 듯이 기뻐했다. 누가 봐도 사랑에 빠진 모습이었다. "그래도 조심해요. 아래층까지 부축해줄게요." 그를 조심하라고 한 말이었는데 쯔메이는 "천천히 걸으면 돼요."라며 들떠 있는 속내를 감추지 못했다. 수는 가볍게 흘겨보며 쳇 하고 삐뚜름한 웃음을 흘렸다.

그렇다고 그가 마음에 드는 건 아니었다. 의심과 경계의 고삐가 조금 느슨해진 것뿐, 완전히 풀리지는 않았다. 쯔메이를 데리고 나가자 그는 흠칫 놀라며 뒤로 물러섰다. 시선은 곧바로 수를 향했다. "얼마 전에 불미스러운 사고를 당했어요. 그래서 몸이 좀 불편하니까 앉거나 서야 할 적에 꼭 부축해주셔야 돼요." 곁에서 쯔메이가 "걱정 마세요."라고 귀엣말을 속삭였다. 하지만 그가 쯔메이 팔을 잡아주는 것을 보고 나서야 수는 발길을 돌릴 수 있었다. 그 사람이 아니라고 말해주기를 바랐으나 아닌 게 아니었나 보네, 라고 속으로 되뇌며 아파트 단지를 빠져나오는데 어정쩡하게 쯔메이의 팔뚝과 팔꿈치를 받치고 서 있는 그의 시선이 등에 와 꽂히는 것만 같아서 걸음걸이가 자꾸만 어색해졌다.

수는 기업인에서 강일보듯 고개를 절레절레 흔들었다. 체구가 작고 피부가 까무잡잡한 것도 마음에 들지 않았고, 당당하게 앞에 나서지 못하고 우물쭈물 말을 눙치는 것도 마음에 들지 않았고, 낡은 항공점퍼와 무릎이 나온 면바지와 잔디인형처럼 삐쭉삐쭉하게 솟은 짧은 헤어스타일도 마음에 들지 않았다. 패딩 여자가 잘생겼다고 한 말에는 전혀 공감할 수 없었다. 그가 살쾡이라는 보장도 없으면서, 흥! 수는 속으로 코웃음을 쳤다.

그러고 보면 외적인 면에서 그는 당신과 대척점에 있다고 할 수 있었다. 하지만 유난히 검고 커다란 눈동자는 어떻게 해석해야 할지 혼란스럽기만 했다. 쯔메이가 사랑하는 사람이라고 생각하면 순박하고 선한 기운이 감도는 것 같다가도 그동안 아파트 단지에서 느껴졌던 음습한 기운을 떠올리면 온몸에 소름이 돋는 듯했다. 또 어찌 보면 은밀한 슬픔이나 비밀을 감추고 있는 듯한, 아무튼 여러 빛깔이 공존하는 눈빛이었다. 그런 점도 마음이 들지 않았다. 사람이 명쾌하지를 않아. 실 끄트머리를 손가락으로 또르르 말아 바늘귀에 꿰려는데 손이 자꾸만 엇나갔다. 하기야, 당신의 깔끔한 차림새와 매너를 보고 친구들은 수에게 분명히 바람둥이일 거라고 했으니까. 물론 수는 친구들이 자신에게 질투나 상실감을 느끼는 탓이라고 가볍게 치부해버렸다. 수도 친구들이 느꼈던 감정이 아예 없다고 자신 있게 말할 수는 없었으나 거기에는 명확하게 설명할 수 없는 묘한 불안감이 더해져 있었다. 쯔메이가 얼굴을 붉히면서 앉아 있을 거라고 생각하니 더더욱 그가 마음에 들지 않았다.

그의 이름은 라신이라고 했다.

이름만큼이나 친절하고 좋은 사람이라고 쯔메이는 조심스럽게 말했다. 휴대폰 너머 표정이 보이는 듯했다. "이름대로만 산다면 세상에 나쁘고 못난 사람 하나도 없겠네요." 평정심을 유지하자는 다짐이 무색하게도 수는 말이 곱게 나오질 않았다. 그래도 집에 도착했다는 연락에 일단 안심은 되었다. "그래서 무슨 얘기 했어요?" "저에 대해 묻기에 사실대로 얘기했어요.

사정이 생겨서 작업실에서 지내고 있는 거랑 선생님 집에서 신세지고 있는 것도요. 그랬더니 조금 놀라더라고요. 그리고 배고프다고 해서 식당에서 국수 한 그릇 먹고 왔어요. 선생님 드리라고 고기만두도 포장해주던걸요." "그랬어요?" 수는 시큰둥하게 전화를 끊었다. 마음이 심상해졌다.

친구들이 질투를 느꼈던 것은 연애 자체가 아니라 스스로 지니고 있는 행복에 대한 갈망이 컸기 때문이었다는 것을 수는 뒤늦게야 깨달았다. 누군가가 행복해 보이면 상대적으로 자신이 불행하게 느껴지기도 하니까. 또 그럴 만한 나이이기도 했다. 꼭 결혼이 아니라도 인생을 걸 만한 사랑이 찾아오기를 바라던, 청춘의 한복판에 서 있던 시절이었다. 당신을 만나면서 철없이 호들갑 떨어댔던 걸 떠올리니 절로 웃음이 새었다. 그때를 생각하면 우정에 할애했던 마음을 사랑에 빼앗긴 듯한 배신감 혹은 상실감을 느꼈다는 것이 충분히 이해되고도 남음직했다. 지금도 친구들은 수가 당신에게 정신이 팔려서 연락을 하지 않았다고 알고 있을지도 모르겠다. 그렇다면 반은 맞고 반은 틀린 것이다. 가끔씩 친구들이 그립기도 했지만 선뜻연락할 용기가 나지 않았다. 지금의 상황을 알게 된다면 당신을 원망하며 하루빨리 불행에서 빠져나오라고 할 것이 분명했다. 수도 모르는 바가 아니지만 그러고 싶지 않았다. 그건 객관적이고 범속한 판단일 뿐이었다. 이제 곧 당신이 올 테고 지긋지긋한 생활에 마침표를 찍게 되면 그간의 일들을 웃으며 이야기할 수 있으리라. 힘든 세월을 함께 겪어온 만큼 사랑은 더욱 견고하고 대단하게 비쳐질 거였다. 다른 건 몰라도 사랑만큼은 누구에게도 뒤지고 싶지 않은 마음이 있었다. 거기까지 생각이 미치자 자신이 한국으로 돌아가게 된다면 정작 상실감을 느낄 사람은 쯔메이가 될 테니 곁에 누군가가 있다는 것은 다행스러운 일이라고 수는 속으로 되뇌었다.

그래도 라신인지 귀신인지는 정말이지…… 마음에 들지 않았다.

"다음에는 선생님하고 함께 보자고 하던걸요." 전자레인지에 고기만두를 데우던 수가 움찔했다. "나를? 왜요?" "선생님 덕분에 만나게 되었으니까요. 저도 미처 생각지 못한 것을 말해줘서 얼마나 고마웠는지 몰라요. 생각이 깊은 사람 같아요. 다음

116

에 꼭 같이 만나요, 네?" 라신에게 빠져도 단단히 빠진 모양이었다. "연애 안 해봤나 봐요. 그냥 둘이 만나요. 괜히 쓸데없는 사람 중간에 끼우지 말고." 땡! 삼십 초가 지났음을 알리는 신호음이 들렸다. "쓸데없는 사람이라니요. 우리를 맺어준 분이신데요." 주방에 서 채로 고기만두를 베어 물던 수가 한쪽 눈을 찌푸렸다. 아직 만두소까지 데워지지 않았나 보다. 수는 '우리'라는 단어를 차갑게 곱씹으며 고기만두가 담긴 팩을 다시 전자레인지에 넣었다. 살인미수범일지도 모르는 자와 '우리'라니. 의심과 경계의 고삐가 다시금 팽팽히 당겨졌다. "뭐 이상한 기미 같은 건 못 느꼈어요?" "전혀요. 라신은 그런 사람 아니라니까요." 땡! 다시 삼십 초가 지났다. 이러다간 쯔메이와도 거리가 생기는 게 아닌지 걱정스러웠다. 하지만 쯔메이가 라신의 편을 들 때마다 불신과 서운함이 뒤엉켜 한번 삐딱해진 기분이 좀처럼 곧추 세워지지 않았다. 수는 고기만두를 들고 거실로 넘어가면서 "그래요. 언제 같이 한번 봐요."라고 덤덤하게 말을 흘렸다. 그러자 쯔메이는 금방 표정이 밝아져서는 휴대폰을 쥐고 화장실로 쪼르르 달려갔다. 수는 여전히 소가 미지근한 고기만두를 우물거리며 티브이 볼륨을 높였다.

라신은 매일같이 찾아왔다. 눈치가 보였는지 수가 작업실로 간 이후에 만나는 모양이었는데 집 안에서 느긋하게 손뜨개를 하고 있는 쯔메이와는 달리 라신은 아파트 모퉁이에 몸을 반쯤 숨기고 하릴없이 땅을 발로 차대다가 하늘을 쳐다보았다가 어딘가를 노려보았다가 하면서 초조한 표정으로 서성거리고 있었다. 도대체 약속은 하고 오는 것인지. 눈인사를 나누기도 애매한 분위기라서 수는 라신이 서 있는 반대 방향으로 몸을 틀고서 잰걸음으로 먼 길을 돌아 아파트 단지를 빠져나가곤 했다.

그런데 작업실에서 라신을 보았다는 이야기가 또다시 흘러나왔다. 한동안 살쾡이 얘기가 잠잠해지나 싶더니 패딩 여자가 "저번에 선생이 물어봤던 그놈, 오늘도 어슬렁거리던데?"라고 수에게 말을 건넸다. "네에?" 수가 놀라자 패딩 여자도 덩달아 목소리를 높였다. "저번에는 잠깐 헷갈렸는데 내가 뭐 한두 번 봤나. 그때 그놈 맞아! 저기 저 갈대밭에 서 있더라고." 그러자 여자들이 하나둘 끼어들면서 "어머! 선생이랑 아는 사람이었어?"라는 둥 "개발되면 작업실을 옮겨야 하니까 선생도 신경 쓰이겠지. 안 그래?", "그런데 난 처음에 어린애가 갈대밭에서 오줌이라도 누나 했다니까. 눈도 커다랗고 머리도 밤톨 같은 게 개발업자처럼 보이진 않더라고.", "그러게. 살쾡이라고 하기에는 귀엽게 생겼더구먼. 이제부터 다람쥐라고 부르자. 다람쥐 닮지 않았어?", "자기도 봤나 봐?", "오늘 말고 저번에."라는 등 갖가지 추측과 잡담들이 쥬구냥방으로 오갔다.

그렇다면 살쾡이가 라신이 맞단 말인가. 등줄기가 오싹해졌다. 하기야 살쾡이가 살인미수범이라는 증거는 없지 않은가. 그건 그렇다 치더라도 쓰메이도 없는 작업실에는 왜? 만날 살쾡이 타령을 하던 여자들이 잘못 봤을 리는 없었다. 다른 건 몰라도 눈썰미 하나는 끝내주는 편이었다. 아니면 라신과 닮은 사람인가. 그렇게 흔한 인상은 아닌 것 같은데. 아, 도무지 뭐가 어떻게 된 일인지, 누구의 말이 진짜인지 도통 모르겠다. 자문자답을 이어가던 머릿속이 뒤죽박죽되면서 수는 혼란스러워졌다.

집에 돌아가기 위해 여자들과 작업실을 나서는데 패딩 여자가 소리쳤다. "저기 있다, 저기!" 하지만 수가 돌아봤을 때는 이미 자취를 감춘 뒤였다.

그럴 리가 없는데.

"쯔메이, 오늘도 라신 만났어요?" 저녁을 먹으면서 수가 넌
지시 물었다. "네, 잠깐요. 손뜨개도 많이 했어요." 쯔메이는 변
명하듯이 고개를 돌려 거실 탁자에 올려놓은 인형들과 컵받침,
파우치 따위를 가리켰다. 한창 바쁠 시기에 연애까지 하게 된
것이 미안하다는 투였다. 라신에게 쏟는 시간만큼 잠을 줄이
고 있으면서 말이다. "그게 아니고…… 혹시, 요즘 작업실에서
지내지 않는다는 말도 했다고 했죠?" "그럼요. 허리가 나을 때
까지 선생님 집에서 지낼 거라고 했어요." 그러면서 쯔메이는
"왜요?"라고 되물었지만 라신과 괜한 오해를 만들지도 모른다
는 생각에 수는 "아니에요."라고 어영부영 말을 눙쳤다. 알아서
들 하겠지. 직접 본 것도 아닐뿐더러 근처에 볼일이 있을 수도
있는데. 정말로 닮은 사람이었을 수도 있잖아. 수는 생각을 돌
리면서도 체증처럼 무언가가 가슴 한구석을 묵직하게 누르고
있는 듯한 갑갑함을 느꼈다. "같이 보기로 했다고도 했죠? 다
시 얘기해봤어요?" "아니요. 그 말은 아직 못 했어요. 그렇지 않
아도 묻긴 하던데 선생님이 바쁘시니까." 쯔메이는 고개를 숙

이고 젓가락으로 밥알만 깨작거리고 있었다. "바쁘긴요. 이렇게 밥도 먹고 잠도 자고 화장실도 가는데요, 뭐. 한번 약속 잡아봐요." 내키지 않은 탓에 말투가 배배 꼬였지만 그래도 한 번은 만나봐야 마음이 놓일 것 같았다. 쯔메이는 젓가락을 입에 문 채로 "네에!" 하고 흔쾌게 답했다.

다음 날도 쯔메이를 기다리고 있는 라신을 보았지만 수는 모른 체 지나쳤다.

그다음 날도, 또 다음 날도, 다음 날의 다음 날도 어김없이.

대체 뭐 하는 사람이야? 이 시간에, 일도 안 하나? 혼잣말로 투덜거리긴 했지만 한편으로는 부럽기도 했다. 당신은 언제나 기다리게 했으니까. 항상 약속도 당신이 정하면서 그 시간에 매번 늦는 것도 당신이었다. 차선으로 밀려난 것 같은 기분이 들었지만 일 때문이라고 하니 계속해서 화를 낼 수도 없는 노릇이었다. 당신은 그것이 우리를 위한 일이라고 했지만 직장에서 을이었기에 연애에서는 갑이 된 셈이었다. 처음부터 쭉 그랬듯이 지금도 당신은 기다리라고만 하고 있으니.

쯔메이가 화장실에서 라신과 통화하는 소리가 사박사박 들려오는 걸 들으며 수는 자꾸만 당신이 원망스러워졌다. 금방 데리러 올 것처럼 말해놓고 그 뒤로 또 연락이 없었다.

라신은 예상했던 대로 말수가 적었다. 수와 처음 만나는 자리이니만큼 어려워하는 것이 당연하게 여겨지기도 했다. 딱히 갈 만한 곳이 없어서 아파트 단지 앞에 있는 체인식당 쿠아지찬에서 간단하게 저녁이나 먹자고 해놓은 터였다. 부근에서는 가장 깨끗하고 고급스러운 곳이었다. 자리에 앉기가 무섭게 수는 취조라도 하듯 "몇 살이에요?", "직업은요?"라고 물었고 라신은 서른 살이며 개인사업을 하고 있다고 어물어물 답했다. "무슨 사업인데요?" 그러자 쯔메이가 불쑥 끼어들면서 "용역사업이요. 중국은 사람이 재화거든요."라고 추임새를 넣어주었다. "집은 어디예요? 가족관계는?" "아이고 선생님, 음식 다 식겠어요. 우선 먹을 거부터 먹으면서 천천히, 천천히." 계속되는 질문에 쯔메이가 난감하다는 표정을 지었다. 너무 몰아세웠나? 라신은 수를 똑바로 쳐다보지 못하고 손바닥을 연신 바지에 문질러대고 있었다.

수는 연태맥주 두 병을 시켰다. 어색하게 흐르는 분위기를 만회하고자 맥주를 시킨 것인데 침묵의 골은 더욱 깊어만 갔다. 쯔메이는 수와 라신을 번갈아 보면서 눈치를 살폈다. 그러면서 너무 푹 고아져 비계가 흐물흐물해진 돼지고기나 토마토계란볶음밥 따위를 사이드접시에 ㅏㅓ주ㄴ기 손ㅣ에 분ㅜ했다. 수는 잔을 들어 라신에게 건배를 권하며 슬쩍 떠보았다. "제 작업실이 어딘지 알고 계시죠? 그 부근에 무슨 볼일이라도 있으세요? 며칠 전에 누가 봤다던데." 두 손으로 잔을 부딪치던 라신이 눈을 동그랗게 치떴다. 순간적으로 스치는 날카로운 기운에 수는 움찔했다. "아이참, 선생님! 그건 저를 찾으러 온 거였다니까요." 쯔메이는 동의를 구하려는 듯 라신을 바라보았다. 하지만 라신은 눈을 내리깔며 맥주만 홀짝일 뿐이었다. 수는 거기에 대고 "쯔메이가 그곳에서 지내지 않는다는 건 알고 있죠?"라고 묻고 싶었지만 심상찮은 분위기에 그만 입을 다물었다.

그날부터, 어쩌면 그 전부터일 수도 있겠다.

하루에도 몇 번씩 기습적으로 라신이 떠올랐는데 정확히 말하자면 라신의 눈동자였다. 자신을 바라보는 동공이 점점 커지면서 수는 온몸이 블랙홀에 빨려 들어가는 듯한 착각이 일기도 했다. 불안정하고 섬뜩한 위태로움에 수는 라신의 눈동자가 떠오를 때마다 진저리를 쳤다. 잠을 자다가 떠오르면 가위에 눌릴 정도였다. 커다랗고 검은 물체가 침대에 누워 있는 자신을 향해 다가오는 환영을 바라보면서도 수는 온몸이 포박당한 듯 몸부림은커녕 신음조차 낼 수 없었다. 그렇게 깨어난 날이면 라신을 마주치기라도 할까 봐 작업실에 가는 것이 두려워졌다. 거기에 왜 당신이 겹쳐지는지는 알 수 없었다.

그런 속내도 모르고 쯔메이는 라신을 집 안에까지 들이고 있었다.

어느 날 잠을 설친 탓인지 편두통이 심해진 수는 일찌감치 작업실 문을 닫고 집으로 갔다. 그런데 현관문을 열고 신발을 벗으려는 순간, 하마터면 뒤로 나자빠질 뻔했다. 라신이 거실 중앙에 떡하니 서 있는 게 아닌가. 어렴풋이 눈치채고 있었지만 그래도 설마 했는데……. 둔기로 뒤통수를 세게 얻어맞은 기분이 들었다. 누가 뭐라 해도 이건 절대로 용납할 수 없는 상황이었다.

"이게 뭐 하는 짓이에요?" 수는 벼락같이 소리부터 질렀다. 태어나서 그렇게 흥분하거나 화를 내어본 적이 없었다. 자신이 그럴 수 있다는 것도 그때서야 처음 알게 되었다. 갑자기 눈앞이 아뜩해지면서 수는 경멸해 마지않았던 여자들보다 더욱 거세고 날카롭게 몸부림치며 고함을 질러댔다. 뜨거운 것이 목구멍으로 치솟으면서 폭포수처럼 구토를 쏟아내듯 스스로도 제어할 수 없는 상태가 되어버린 것이다. 그러면서도 이토록 날뛰는 자신이 의아했고 영혼이 빠져나간 듯 스스로가 타인처럼 여겨지기도 했다. 왜 이러지? 대체 왜? 몸이, 특히 안면이, 그중에서도 눈살과 턱 언저리가 부르르 떨려왔다. "전부 내 집에서 나가요! 다 나가란 말이야!" 수는 주변에 있는 물건들을 손에 잡히는 대로 라신에게 집어 던지다가 옷자락을 아무렇게나 끌어당기며 쯔메이까지 현관 밖으로 내몰았다. 그러고는 거실 바닥에 주저앉아 울음을 터뜨렸다. 어디에 그렇게 많은 설움이 숨어 있었던 것인지 팝콘처럼 사방으로 튀어나오는 슬픔에 수는 주먹으로 가슴을 쳐대며 목청껏 통곡을 했다. 벌어진 입술 사이로 "엄마, 엄마아……."라는 단어만 계속해서 흘러나오고 있었다. 점액질 없이 흘러내리는 콧물과 침이 눈물과 뒤섞이며 바닥에 물웅덩이를 만들었다. 쯔메이도 현관문 밖에서 "선생님 잘못했어요. 선생님 제발 용서해주세요."라고 울부짖고 있었다.

그렇게 얼마나 시간이 지났는지 모르겠다. 수가 고개를 들었을 때는 새벽 박명이 창문에 번지고 있었다. 거실에는 선풍기와 구형 오디오가 전선이 뽑힌 채로 넘어져 있었고 모서리가 뾰족한 파편들 사이사이에 박살 나버린 티브이 리모컨과 바느질함, 연필꽂이, 유리잔 따위가 어지러이 흩어져 있었다. 사위는 무섭도록 고요했다. 수는 천천히 몸을 일으켜 주방으로 갔다. 파편을 밟았는지 발을 딛는 곳마다 새발자국 모양으로 핏자국이 묻어났지만 통증은 느껴지지 않았다. 수는 냉장고에서 생수를 꺼내 들었다. 손이 헛돌면서 페트병 뚜껑이 바닥으로 떨어졌다. 아랑곳하지 않고 병째로 입에 가져다 대려는데 거실 구석에 웅크리고 있는 허름한 배낭이 눈에 들어왔다. 그것을 멍하니 바라보던 수는 싱크대 서랍에 넣어둔 담배를 꺼내어 물었다. 라이터를 어디에 두었는지 기억나지 않았다. 수는 금단현상에 시달리는 중독자처럼 서랍을 마구잡이로 열어대다가 가스레인지로 불을 붙이고는 담배를 한 모금 빨아들였다. 눈앞이 핑 돌면서 목에서 관자놀이를 거쳐 정수리까지 저릿저릿해졌다.

그제야 악몽에서 깨어난 듯이 정신이 조금 들었다. 수는 현기증이 가시지 않은 머리를 짚으며 휘청휘청 거실을 가로질러 갔다. 지퍼가 열린 배낭 앞주머니를 벌려보니 아니나 다를까 휴대폰과 작업실 스페어 열쇠가 들어 있었다. 수는 맨발로 현관문을 열고 아파트 복도에 나가보았다. 한 손에는 담배가 들린 채였다. 현관문을 두드리며 울부짖던 쯔메이가 라신의 부축을 받으며 복도 끝, 저 어둠 너머를 향해 걸어가는 모습이 눈앞에 그려졌다. 가뭇없이 쯔메이와 라신을 삼켜버린 어둠을 바라보면서 수는 망연히 서 있었다. 얼음장을 딛고 서 있는 것처럼 차가운 기운과 아릿한 통증이 발바닥을 통해 전해지면서 다시금 눈물이 흘렀다. 길게 굽어진 담뱃재가 손가락 사이에서 힘없이 툭 부러졌다.

10

쯔메이가 사라진 후에야 수는 그녀에 대해 알고 있는 것이 거의 없다는 것을 깨달았다. 당신이 부재하는 자리를 잠시 내어주었을 뿐이었다. 그래서인지 당신의 빈자리가 더욱 크게 느껴졌다.

일상은 변한 게 없었다. 적어도 겉으로 보기에는 그랬다. 하지만 기운이 하나도 없었다. 온몸이 흐느적거리며 마치 중력을 잃은 듯이 우주공간을 떠다니는 기분도 들었다. 사고가 있은 후부터 작업실에 나오지 않았기에 여자들도 '중국인형'이라고 부르던 쯔메이를 더 이상 찾지 않았다. 살쾡이 운운하지 않는 걸 보니 라신도 함께 사라진 모양이었다. 분명히 그러했을 것이다. 오갈 데 없어진 연인을 챙기는 것은 당연한 일이니까. 그러니 걱정할 필요는 없었다. 그러면서도 쯔메이에게 서운한 감정이 드는 건 어쩔 도리가 없었다. 휴대폰을 두고 갔지만 먼저 연락을 해올 수 있는 거 아닌가. 과도하게 화를 냈던 것은 인정하지만 아무리 상황을 곱씹어보아도 허락도 받지 않고 라신을 집에 들인 것은 쯔메이가 백만 번 잘못한 일이라고 수는 생각했다. 다시 생각하고 또 생각해봐도 결론은 바뀌지 않았다. 그동안 자신을 속여왔다는 사실에 배신감만 더해질 뿐이었다. 그래서 수는 잊으려고 노력했다. 당신이 빨리 오기만을 기다리면서.

하지만 수를 찾아온 건 당신도 쯔메이도 아니었다.

수가 작업실에 다녀오자 현관문 손잡이에 비닐봉지가 걸려 있었다. 쯔메이를 만나기 전처럼 작업실에 멍하니 앉아 있다 보니 저녁시간이 훌쩍 지나버린 터였다. 봉지 안에는 눈에 익은 일회용기가 들어 있었다. 수가 자주 가던 식당에서 음식을 포장해 온 것 같았다. 그런데 누가? 옆을 돌아보니 몇 걸음 떨어진 곳에 거무스름한 실루엣이 보였다. 라신이었다. 수는 흠 칫 뒷걸음치긴 했지만 놀란 건 아니었다. 내심 누군가가 찾아 와주기를 기다렸는지도 모르겠다. 라신이라는 것이 의외이긴 했지만.

"여기서 뭐 하시는 거예요?" 수는 힘없이 물었다. 그 물음이 라신에게 처음 건넸던 말과 똑같다는 생각이 스치며 피식 콧숨 이 새었다. 벽에 기대어 서 있던 라신이 점퍼에 양손을 꽂은 채 로 수에게 다가왔다. 오른편으로 쏟아지는 달빛이 얼굴을 양각 과 음각으로 선연하게 갈라놓았다. "살아 있었네." 나지막하게 흐르는 소리에 수는 잠시 귀를 의심했다. 고개를 삐딱하게 기 울이며 다짜고짜 반말을 내뱉는 것이 얼마 전과는 180도 다른 모습이었다. 차갑게 굳은 표정과 달빛에 번질거리는 눈빛도 순 박하게 미소 짓던 라신이라고는 도무지 믿어지지 않았다. "뭐 라고요?" 수가 미간을 좁히며 따지듯 되물었다. "죽을 줄 알았 거든. 근데 이렇게 멀쩡하게 살아 있는 걸 보니 반갑다고." 라 신은 수를 향해 허리를 기울이며 말했다. "괜히 걱정했네." 시 선이 얼굴을 쓸고 내려갔다. 하! 수는 헛웃음을 날리고는 개폐 기에 열쇠를 신경질적으로 꽂았다. 냉정한 척했지만 라신과 마주 서는 순간부터 온몸의 솜털이 곤두서며 두려움이 일던 터였다. 수는 라신이 따라오기라도 할세라 현관문을 조금만 열었다가 재빠르게 닫아버렸다. 걸음쇠도 일부러 거칠게 잠갔다. 그제야 얼어붙었던 심장박동이 빨라지기 시작했다. 현관문에 귀를 대고 있지만 밖에서는 아무런 기척도 느껴지지 않았다.

죽을 줄 알았다고? 참 내, 어이가 없어서. 밤새 수는 라신이 한 말을 되뇌며 계속해서 헛웃음만 날리고 있었다. 잠이 오질 않았다. 눈을 감으면 라신의 눈동자가 떠올라서 다시 눈을 떴고 그러기를 반복하다 보니 어느새 아침이 밝아 있었다.

졸음에 겨워 휘적휘적 집을 나서는데 라신이 엘리베이터 계단참에 앉아 있었다. "정말 왜 이러세요?" 수는 한 손으로 마른 세수를 하며 짜증스럽게 물었다. 그런데 라신은 "아침은 먹었어?"라고 딴말로 받았다. 대꾸할 가치도 없다는 듯이 계단으로 내려가려 하자 라신이 일어나 팔뚝을 부여잡았다. "정말 왜 이래요?" 반사적으로 수는 팔을 휘저으며 라신의 손을 뿌리치려 했지만 허사였다. 라신은 손아귀의 힘을 풀며 말했다. "잠시만. 할 말이 있어서 그래." 흰자위에 실핏줄이 서 있었다. 설마 여기서 밤을 새운 건 아니겠지? 수는 다른 손으로 라신의 손을 걷어냈다. "할 말이요? 어디 한번 해보세요." 시선은 라신을 비켜 있었다. 어쩐지 눈동자를 올려다볼 자신이 없었다. "여기서는 좀 그렇고." 주변을 둘러보던 라신이 말을 이었다. "저녁때 식당에서 볼까?" 갈수록 태산이네. "할 말 없으면 그만 갈게요." 수가 돌아서려는데 라신이 앞을 가로막았다. 놀란 수가 반사적으로 어깨를 움츠리자 라신은 몸에 손을 대지 않겠다는 듯이 양팔을 들고 항복 자세를 취하며 "얘기가 좀 길어서 그래."라고 했다. 수는 코웃음을 쳤다. "쯔메이는 이러는 거 알아요?" 그러자 라신은 "아마 모르겠지? 어디 있는지도 모를 테니까."라면서 어깨를 한번 들썩여 보였다. "모른다고요?" "응. 그날 헤어졌어. 집에서 쫓겨났던 날." 수는 눈앞이 하애졌다.

도대체 이게 무슨.

종일토록 일이 손에 잡히지 않았다. 몇 번이나 바늘에 손가락이 찔렸고 바늘땀은 끝나야 할 지점을 지나 엉뚱한 방향으로 이어졌다. 손이 떨리는 바람에 가위로 실매듭을 자른다는 게 원단에 구멍을 내기도 했고 커피를 따르다가 머그잔을 엎어뜨리기도 했다. 무슨 일 있느냐는 패딩 여자의 질문에는 "그럴 리가 없잖아요."라고 아예 틀린 말도 아니지만 그렇다고 적합하지도 않은 말도 빈있다.

라신이 먼저 와 있었다. 쯔메이와 함께 식사를 했던 쿠아지찬에서 만나기로 약속을 했는데 그때 앉았던 테이블, 그 자리였다. 수는 또각또각 걸어가 그의 앞자리에 앉았다. 라신은 미리 주문을 해놓았다면서 물잔에 보이차를 따라주었다. 종업원이 기다렸다는 듯이 한약재에 삶은 돼지고기와 토마토계란볶음밥을 가져다주었다. 그때 시켰던 메뉴였다. 수는 음식과 라신을 번갈아 보았다. 모든 게 그때와 같았지만 아무것도 같은 게 없었다. 종업원이 음식을 내려놓고 뒤돌아서자마자 수는 "할 말이 뭐죠?"라고 물었다. 하지만 라신은 "성질 급한 건 여전하시네. 우선 배부터 채우자고."라면서 젓가락을 들었다. 수도 물러서지 않고 "쯔메이와 헤어지다니, 사실이에요?"라고 라신을 채근했다. "내가 왜 그런 거짓말을 하겠어?" 라신은 돼지

고기를 얹어 허겁지겁 볶음밥을 입에 욱여넣으며 아무렇지도 않은 듯이 말했다. 그 모습에 갑자기 부아가 치밀었다. "그러니까 왜요? 왜 헤어졌냐고요?" 수의 목소리가 점점 높아졌다. 눈동자를 굴려 주변 눈치를 살피던 라신이 수를 똑바로 응시했다. 시선이 마주치자마자 자동적으로 몸이 떨려왔지만 수는 이를 악다물고 표정을 다잡았다. "내가 원한 건 쯔메이가 아니라 너였으니까. 이제 답이 됐나?" 그러더니 라신은 접시를 들어서 볶음밥을 마지막 한 톨까지 입안으로 긁어 넣었다. "이런 식으로 농담이나 할 거면 집에 가겠어요." 수가 옆자리에 놓아둔 가방을 집어 들려 하자 라신은 보이차를 마시며 "정말이야."라고 말했다.

라신은 쯔메이가 아침까지 현관문 앞에 서 있었다고 했다. 그러고는 라신에게 이별을 고했다고. 라신을 집에 들인 것이 한두 번이 아니었으니 수를 속여왔다는 건 부인할 수 없는 일이었다. 하지만 그것으로 헤어지기까지 하다니. "사실 쯔메이 잘못이 아니야. 내가 집에 들어가게 해달라고 졸랐으니까." 수는 눈빛만으로 "왜?"냐고 물었다. "네가 어떻게 살고 있는지 궁금했거든. 매일 기다렸는데 한 번도 마주치지 못했다는 낭패감도 있었고. 보고 싶었어. 그날 남편 자랑을 늘어놓는 게 멍청이 같기도 하고 우습기도 해서." 이건 또 무슨 말인가. 잠자코 듣고만 있던 수의 눈동자가 흔들렸다.

그날, 수가 당신에 대해 이야기했다는 건 맞는 말이었다. 이제 막 걸음마를 떼기 시작한 연인들에게 결혼이라는 결승점을 통과한 승리자처럼 수는 이상적인 연애를 위한 지침과 덕목을 늘어놓기도 했다. 평소에도 당신에게 관심이 많았던 쓰메이가 두 눈을 반짝이는 것을 보며 조금 더 낭만적이고 과장되게 포장해가면서 말이다. 이야기 속에서 첫 만남은 카페가 아닌 벚꽃이 함박눈처럼 휘날리는 거리로 변해 있었고, 소개자는 존재하지도 않았으며, 그날의 하늘과 바람과 풍경은 일본 영화 〈4월 이야기〉에 나온 장면들을 닮아 있었다. 쓰메이는 영화를 보지 못했다고 하면서 장면을 눈앞에 그려보듯이 아련한 표정이 되었다. 그런 분위기에 이끌리듯 첫눈에 반한 것도 수가 아닌, 바로 당신이었다. 수는 당신도 그랬을 거라 믿고 있었으니 아예 거짓말을 한 것은 아니었다. 그렇지 않고서야 만난 지 몇 시간도 되지 않아서 모텔로 직행할 리가 없지 않은가. 우연이 인연으로 이어져 필연을 만들었고 운명으로 다가올 프러포즈도 정액 냄새 배어 있는 모텔 침대에서가 아니라 서울 시내 야경이 내려다보이는 스카이라운지에서 이루어졌고, 당신은 꽃다발과 이니셜이 새겨진 반지를 건네주며 한 여자에게 무릎을 꿇은 남자가 되어 있었다. 그 대목에서 쯔메이는 "역시 한국 남자들은 너무 로맨틱해요."라고 하면서 물개박수를 쳤다. "그 정도 갖고 뭘."

개개인이 지닌 사랑이 사람의 얼굴만큼이나 제각각이고 기준이나 형태 또한 모두 다르다지만 여자들이 바라는 연애에는 청춘드라마나 멜로영화에 나올 법한, 진부하지만 빠지면 밍밍하고 어쩐지 섭섭해지는 클리셰가 존재하는 법이다. 몇 번의 싸움과 힘들었던 상황도 덧붙이긴 했지만 그건 극적인 상황을 빛나게 해줄 장치에 지나지 않았다. 그럴 때조차 수는 어김없이 우위를 차지하며 당신을 지배하는 현명하고 지혜로운 여자로 그려졌다.

"그럴 사람이 아닌데." 라신이 의미심장한 웃음을 흘렸다. 수는 자신이 유치했다는 자각과 더불어 거짓말을 들킨 것 같아서 견딜 수 없을 정도로 부끄러웠지만 그럴수록 더욱 뻔뻔스럽게 턱을 쳐들었다. "대체 뭘 안다고 그래요?" 수는 아랫입술을 지그시 깨물었다. 입안이 바짝 타들어갔다. "안다고 말할 수는 없기만 또 이에 모른다고 할 수노 없어." 라신은 삐딱하게 다리를 꼬고 앉아 손가락으로 물잔 윗부분을 동그랗게 훑었다. 뭔가 생각에 잠긴 듯했다. 침묵이 영겁처럼 길게 여겨졌지만 수는 말문이 막혀버려 어떠한 말도 할 수 없었다. "아무튼 어찌나 멍청이 같던지 웃음을 참느라 죽는 줄 알았어. 결과적으로는 그래서 죽이지 못했지만 말이야." 혼잣말처럼 낮게 중얼거리던 라신이 어떤 결심이라도 한 듯이 꼬고 있던 다리를 풀고 상체를 테이블에 바짝 기울였다. "흠흠." 꼿꼿하게 허리를 세우고 앉아 있던 수는 헛기침으로 당혹감을 감추며 등받이에 엉덩이가 닿도록 뒤로 물러나 앉았다. "그 모습이 너무 예쁘기도 했고." 팔짱을 낀 팔을 테이블에 올려놓고 수를 골똘히 응시하는 라신이 혼잣말처럼 "어떻게 그럴 수가 있을까? 참 신기해."라고 했을 때는 잔을 들어 얼굴에 물을 끼얹고 싶을 만큼 불쾌하고 위협적으로 느껴졌다.

"도대체 할 말이란 게 뭐예요? 쯔메이하고 헤어진 것이 나 때문이라고 생각하는 거예요? 그래서⋯⋯." 용기를 내서 말을 쏟아내고 있는데 라신이 단칼에 말허리를 잘라버렸다. "맞아. 너 때문인 거." 그러면서 타짜가 마지막 패를 내듯이 사진 한 장을 테이블에 내려놓았다. "이건 또 뭐예요?" 수는 신경질적으로 사진을 낚아챘다. 사진 속에는 원피스와 카디건을 입은 수가 손가락으로 브이 자를 그리며 환하게 웃고 있었다. 이건⋯⋯. 입술이 벌어졌지만 너무나 놀란 나머지 신음조차 나오지 않았다. 수는 라신을 쳐다보았다.

이제야 눈치챘나?

라신은 의자 등받이에 기대앉으며 종업원에게 손짓으로 보이차를 더 갖다 달라고 했다. 수는 사진을 자세히 들여다보았다. 쯔메이가 사고를 당했을 적에 입었던 그 감색 원피스, 그 분홍색 카디건, 어깨까지 가지런히 빗어 내린 단발머리. 6년 전 당신과 이허위안에 놀러 갔을 때 찍은 사진이었다. 수상가옥이 떠 있는 호수를 따라서 쑤저우제 거리를 거닐던 기억이 어제

일처럼 생생하게 떠올랐다. 어쩌면 머릿속에 떠오른 건 제자리에서 뱅그르르 돌면서 배시시 웃던 쯔메이인지도 모르겠다.

"처음에는 알아보지 못했어. 몇 번이나 주소를 다시 확인할 정도였으니까." 수는 고개를 숙여 의자 아래에 늘어져 있는 자신의 낡은 코트자락을 내려다보았다. 그때보다 몰라보게 살이 찌고 푸석푸석한 머리칼을 치렁치렁하게 늘어뜨리고 있는 자신의 모습이 마치 거울을 보는 것처럼 눈앞에 그려졌다. 끼니를 챙겨 먹지 않는 대신 맥주를 마시거나 밤늦도록 과자나 초콜릿 같은 주전부리를 무의식적으로 먹어댔으며, 몇 년 동안 옷 가게나 미용실 근처에는 가본 적이 없던 터였다. 알레르기가 생겼는지 황사가 짙은 날에는 좁쌀 만한 두드러기가 얼굴을 뒤덮었지만 병원에 가야 한다는 생각조차 하지 못했고, 화장은 고사하고 로션도 바르지 않은 탓에 살결도 거칠어지고 눈가와 광대에는 기미와 잡티가 점점 영역을 확장해가고 있었다.

언제부터인가 수는 거울도 보지 않았다. 아니, 보기 싫었다. 거울에 비친 모습은 누가 봐도 불행하게 방치된 여자의 몰골이었다. 그러니 알아보지 못했을 수밖에.

그래서⋯⋯. 수가 입술을 달싹이려는데 라신이 눈을 크게 깜빡였다. "그런데 사진에서 금방 튀어나온 것 같은 여자가 눈앞에 떡하니 나타난 거야. 옷까지 똑같이 입고 있었으니 의심할 여지가 없었지. 쯔메이에게는 정말 미안한 일이야." 수는 입을 닫고 라신을 가만히 바라보았다. 유난히 커다랗고 검은 눈동자에 흩어져 있던 퍼즐 조각이 이제야 하나둘 맞춰지는 것 같았다.

11

정말 당신이 그랬다고?

수는 무릎을 끌어안은 채로 밤새 묻고 또 물었다. 라신이 했던 말들이 귓전에 쟁쟁거렸지만 머리에서만 맴돌 뿐, 도무지 마음에 와 닿지 않았다. 전혀 관심도 없고 공감도 되지 않는 드라마나 영화 줄거리를 듣고 있는 기분이었다. 수는 라신이 주워섬긴 말들에 밑줄을 치며 차근차근 곱씹어보았다. 쯔메이를 수로 오인해서 칼로 찔렀다. 당신이 그렇게 해달라고 청부를 해서? 그러고 보면 라신이 개인사업을 하고 용역업체를 운영하고 있다는 말은 틀린 게 아니었다. 그러면 서른 살이라는 것도 맞을 텐데 두 살이나 어린놈이 반말은. 생각이 엉뚱한 곳으로 튀자 수는 스스로를 어이없어하며 피식 헛웃음을 날렸다. 수는 욕실 거울 앞으로 가서 머리칼을 묶은 고무줄을 잡아당겨 보았다. 매일같이 묶고 다녀서인지 풀어진 머리칼은 고무줄 자국대로 양쪽으로 홀쭉하게 눌려 있었다. 수는 손을 오른뺨에 가져다 댔다.

당신은 알아볼 수 있었을까?

자신이 찾던 사람이 아니라는 사실을 알았지만 수에게 접근하기 위해서는 쯔메이를 만날 수밖에 없었다고 라신이 말했다. 아파트 주변을 서성거리던 라신을 피해 다니고 작업실에서는 항상 여자들과 함께 있었던 덕에 사고를 면할 수 있었다지만 그가 마음만 먹었다면 얼마든지 죽일 수 있지 않았을까. 생각해보니 그럴 만한 기회가 몇 번 있었고, 그것이 힘들었다면 쯔메이를 이용해 얼마든지 상황을 만들어낼 수 있었을 것이다. 더군다나 어제는 복도에 단둘이 있지 않았나. 하지만 "그렇다면 왜 죽이지 않았죠?"라고 묻자 "지금 다 고백하면 재미없는

데."라면서 라신은 말끝을 흐렸을 뿐이었다. 거기에 대고 당신이 왜 자신을 죽이려 하는지 수는 차마 묻지 못했다. 당신이 그랬다는 사실이 믿어지지 않았을뿐더러 설령 그렇다 하더라도 라신의 입을 통해 그 이유까지 듣는다는 것이 어쩐지 자존심이 상하기도 했다. 그런 것도 모르고 당신에 대한 추억을 사랑스럽게 늘어놓았으니 멍청이처럼 보이는 건 당연한 일이었다. 얼마나 우스웠을까.

"쯔메이는 알아요?" 수가 묻자 라신은 천천히, 그리고 느리게 고개를 가로저었다. "아니, 헤어졌다고 했잖아. 혼자 떠나겠다고 하더군. 그래서 그러라고 했어." 수는 가래침처럼 "나쁜 놈." 이라는 말을 라신의 얼굴에 대고 툭 뱉어버렸다. 그러면서 한편으로는 안심이 되기도 했다. 쯔메이에게까지 멍청이처럼 보이고 우스워지기는 싫었다. 수로 오해를 받아서, 게다가 라신에게 죽임을 당할 뻔했다는 사실을 알게 되면 쯔메이야말로 죽고 싶은 심정이 될지도 모를 일이었다.

그런데 수는, 자신을 죽이려고 했다는 말을 들었음에도 불구하고 라신에게 의심을 품었을 때보다 두려움이 서서히 잦아드는 것을 느꼈다. 마음도 이상하리만치 차분해졌다. 그런 자신이 서름하게 여겨질 정도였다. 죽이려고 했다는 고백이 죽이지 않겠다는 다짐이나 다름없다고 생각해서는 아니었다. 그보다는 당신이 그런 마음을 품었다는데 왜 슬프거나 배신감에 몸서리쳐지지 않는지가 못내 궁금했다.

라신은 당신을 어떻게 알게 되었는지도 말해주었다. 당신은 여전히 공장에서 빼돌린 명품과 이미테이션을 밀반입하고 있었는데 간간이 비아그라 같은 최음제와 환각제도 취급하는 모양이었다. 중국에서는 대마초나 헤로인 같은 마약류에 관한 단속과 처벌이 굉장히 엄격한 편이지만 환각제 중에는 금지약물이 아닌 화학약품을 제조하여 만든 것이 있다고 했다. "어디에나 구멍은 존재하는 법이니까." 그것을 공급해주는 브로커들이 운반책으로 라신을 당신에게 소개해준 것이다. 그동안 당신은 배편을 이용해서 중국을 오갔다고 했다. 그때마다 항구에서 벌어지는 마작판에 들락거리면서 수순처럼 유흥에 빠져든 거였다. 처음에는 브로커들과 친분을 쌓느라고 그러나 보다 했는데 점차 판돈이 커지면서 도박빚이 눈덩이처럼 불어났고, 라신에게도 갚아야 할 돈이 많다고도 덧붙였다. 라신은 당신을 두고 "치졸하고 비굴한 색마"라는 표현을 썼다. "알지? 도박과 술과 여자는 떼려야 뗄 수 없는 관계라는 거. 돈을 따도 그렇고 잃어도 그렇고 상실과 허무가 커지기 마련이거든. 비아그라를 임상실험이라도 하려는 건지, 구멍을 구멍으로 메꾸려는 건지. 아, 미안. 내가 말이 심했나?" "괜찮아요. 계속해요." 수는 가만히 듣고 있었지만 물에 기름을 부은 것처럼 라신이 하는 말이 머릿속을 둥둥 떠다녔다.

　그러면서 라신은 의미심장한 제안을 했다. 수가 빚을 대신 갚아준다면 당신을 죽여줄 수도 있다는 거였다. "사실 살인청부도 내가 빚을 독촉하는 바람에 이뤄진 거야. 하도 몰아붙이니까 그렇다면 부인이라도 죽여달라고 하더군. 그러면 원금에 이자까지 톡톡히 치르겠다고. 사망보험금이라도 타내려는 심산인 건지. 아무튼 갈 데까지 간 거지." 궁지에 몰린 당신은 도리어 라신이 저지르는 불법과 살인을 볼모로 협박을 하고 브로커들을 방패 삼아 요리조리 피해 다녔다고 했다. "그런 걸 알면서 왜 돈을 빌려줬어요?" 질문이 뜬금없다는 걸 알면서도 수는 당신보다 라신이 더 이해가 되지 않았다. "내가 빌려줄 돈이 어디 있겠어? 하루 벌어 하루 살기도 힘든데. 임금은 고사하고 물건대금도 치르지 않으니 그 구멍을 내가 대신 메꿔준 거야. 나로서는 그들과 거래를 계속해야 하니까 어쩔 수 없었어. 돈도 안 주면서 개처럼 부려먹는 새끼 때문에 나만 독박 쓴 꼴이라고." 라신이 주먹을 움켜쥐더니 거칠게 숨을 몰아쉬었다. 설명을 하다가 다시금 화가 치밀어 올랐나 보았다. "어차피 나도 돈만 받으면 그 쥐새끼 같은 색마를 죽이려고 했으니까. 어때? 생각 있어?" 수는 대답 대신 고개를 숙였다. 상황은 대략 짐작이 갔지만 자신에게 살인청부를 의뢰하라는 의도까지는 잘 납득이 되지 않았다.

한참 침묵하던 라신이 더 이상 기다리기 지루하다는 듯이 "혼란스러워하는 게 당연해. 그래도 한번 곰곰이 생각해봐."라는 말을 남기고 자리에서 일어서려는 찰나 수는 "나를 믿어요?"라고 기습적으로 물어보았다. "내가 경찰에 신고할 수도 있는 거잖아요?" 엉거주춤하게 서 있던 라신은 도리어 듣던 중 반가운 소리라며 박수라도 칠 기세로 말했다. "당연히 신고해도 되지. 모든 건 네가 선택할 문제야. 멍청이처럼 살지 말고.

알았어? 내일 다시 올게." 라신은 크게 미소를 지어 보이더니 손까지 흔들면서 식당을 나섰다.

멍청이. 정말 멍청이야.

아무리 생각을 해봐도 모르겠다. 수는 머리칼을 쥐어뜯고 싶은 심정이었다. 라신이 했던 이야기를 못 믿어서는 아니었다. 믿고 싶지 않아도 당신에 대한 이야기가 거듭될수록 믿지 않을 도리가 없었다. 오히려 당신에게 품었던 의혹과 궁금증에 대해 라신이 명쾌하게 답을 내려준 기분마저 들었다. 간단한 공식이 었는데 쩔쩔매고 있던 스스로가 정말로 멍청이처럼 여겨졌다. 물론 팩트에 한해서였다. 라신의 말만으로 당신의 마음까지 속속들이 들여다볼 수는 없겠지만 그동안 수를 기만해왔다는 건 피하기 힘든 사실이었다.

그리고 풀리지 않은 것이 또 있었다. 그건 라신, 개인에 관한 거였다. 라신은 쯔메이를 찌르는 순간에 가엾다는 생각이 들었다고 했다. 살인자에게 동정심이나 연민이 끼어들었다는 것은 바로 실패를 의미하는 것이나 다름없었다. 그러고 보면 쯔메이를 살린 것은 허리에 차고 있던 전대가 아니라 라신을 스쳐 간 어떤 슬픔이나 회한 같은, 인간적인 감정인 셈이었다. "왜 그랬 는지는 나도 모르겠어. 한 번도 그런 적이 없었는데. 일을 그만 둘 때가 되었나." 라신은 그렇게 말하면서 고개를 갸웃거렸다. 쯔메이가 죽지 않았고 그녀가 자신이 찾아다니던 수가 아니었 다는 것을 알게 되었을 때는 오히려 다행이라 여겼다고 했다. 하지만 그것만으로는 라신이 어떤 사람인지 판단할 수 없었 다. 그건 라신이 지니고 있는 내적 기준을 알지 못한다는 것이 고 거기에 비친 당신의 모습이 얼마나 굴절되어 있는지 가늠할 수 없다는 것을 의미했다. 그럼에도 불구하고 라신이 당신에게 지니고 있는 환멸은 어렴풋하게나마 짐작할 수 있었다. 모르긴 몰라도 라신이 가엾다고 여긴 건 쯔메이, 아니 수가 아니라 당 신에게 휘둘리고 있는 자신이 아니었을까. 수가 자랑처럼 늘어 놓은 당신에 대한 이야기와 집 안 곳곳에 배치되어 있던 당신 의 물건들을 보면서 모멸과 복수심에 치를 떨었을지도 모를 일 이었다.

그대로 자리에 앉아 있던 수는 식당 주인이 폐점 시간이 지 났다고 말해주었을 때에야 주변을 둘러보았다. 손님이 모두 빠져나간 식당에 휑뎅그렁한 어둠이 들어차고 있었다.

  그래도 예뻤어, 라고 말해주는 라신이 밤새도록 떠올랐다. 프리즘처럼 시시각각 빛을 달리하는 것이 불안하긴 했지만 일단 그 눈동자에 피멍을 들여보기로 했다. 라신은 도박판에서 어떤 예감들로 판돈을 높였는지 모르겠지만.

  다음 날도 라신은 쿠이지찬에 와 있었다. 시간 약속을 정하지 않았던 탓에 혹시나 하는 마음에 들러봤더니 전날과 같은 테이블에서 매운 두부에 고량주를 마시고 있었다. "어? 혼자 왔네. 공안이라도 달고 올 줄 알았더니." 라신은 잔에 따라놓은 술을 단숨에 들이켰다. 수가 자리에 앉자 라신이 종업원에게 완자탕을 주문하며 술잔을 하나 더 달라고 했다. "늘 먹는 것 같아서 시켰는데, 괜찮지?" 라신은 잔에 고량주를 따라서 수에게 내밀었다. "생각은 해봤어?" 가볍게 툭툭 내뱉는 말투가 거슬렸다. "시간이 필요해요." "그래. 하지만 때론 시간이 독이 될 수도 있어. 힘든 문제일수록 결정은 빠른 게 좋아." 수는 술 잔을 입술에 가져다 댔다가 그대로 내려놓았다. 쏩쓸한 기운이 혀끝에 묻어났다. "당장 마련할 수 있는 돈이 얼마 없어서 그래요. 빚이 얼마죠?" 수는 무릎에 놓아둔 가방 손잡이를 만지작거렸다. 태연한 척했지만 자꾸만 긴장이 되었다. 감정을 감출 수 없는 건 라신도 마찬가지였나 보다. 대답을 늦추며 술잔에 고량주를 따르고 있었지만 반색하는 기색이 역력했다. 라신은 자신의 눈동자에 무수한 표정이 담겨 있다는 것을 알고 있을까. "그건 걱정하지 않아도 돼. 일만 잘 처리되면 돈은 자연스레 생기게 되거든." "어떻게요?" "남편이 갖고 있는 라인을 이용하려고. 그러기 위해서는 네 도움이 필요해." 딱히 알아듣지는 못했지만 서류를 위조해 당신이 챙기는 지분을 빼돌리려는 의도 같았다. "특별히 할부로 해주는 거야." 당신은 꽤 많은 돈을 만지면서도 도박과 여자에게 쏟아붓느라 항상 빚에 헐떡거렸다고 했다. "구멍이 문제야, 구멍이. 어디 한두 개여야지." 라신은 고개를 절레절레 흔들면서 수에게 잘 결정한 거라고 했다. 그러고는 술을 가득 따라주었다. 수는 잔을 내려다보다가 눈동자만 들어서 라신을 노려보듯 쳐다보았다.

"나도 조건이 있어요." 라신이 눈을 동그랗게 치떴다. "한번 만나게 해주세요." 무리한 요구인지 알면서 수는 일단 말을 이었다. "제 눈으로 확인하고 싶어요. 다른 사람 말만 듣고 남편을 죽이려고 한다는 게 말이 안 되잖아요." 사실상 당신을 만나는 것도 말이 되지 않는다는 걸 수는 알고 있었다. 라신 처지에서는 일을 그르칠 수도 있는 문제였다. 하지만 수는 그런 것까지 고려해줄 여유가 없었다. 자신을 눈앞에 맞닥뜨린 당신의 표정이 너무나 궁금해 미칠 것만 같았다. 그래도 죽이고 싶을까. 당신만 볼 수 있다면 죽음도 별로 두렵지 않았다. 아니나 다를까 잠시 생각에 잠겼던 라신이 "그러면 눈으로만 확인해. 내가 확실히 증명해 보여줄 테니까."라고 했다.

드디어 당신을 보는 건가. 수는 두서없이 떨려오는 마음을 주체할 수가 없었다. 그래서 황급히 술을 들이켰는데 켁 하고 사레가 걸려버렸다. 기침이 멈추지 않았다. 눈물이 나는 건 당신 때문이 아니었다.

집에 돌아와서 수는 당신의 물건들을 정리하기 시작했다. 우선 욕실에 있는 칫솔과 면도기, 로션 따위를 한 아름 들고 나왔다. 수는 손목에 향수를 뿌려보았다. 맥박이 뛸 때마다 퐁퐁 솟아나던 당신의 체취가 코끝을 스쳤다. 그건 수가 좋아하는 향이기도 했다. 하지만 칫솔은 퍼석하게 말라 있었고 면도기와 화장품 용기에는 먼지가 각질처럼 들러붙어 있었다. 수는 가게에서 얻어 온 박스를 펴고 당신의 옷부터 차곡차곡 집어넣었다. 모두 반듯하게 개어져 있는 상태였기 때문에 시간이 오래 걸리진 않았다. 막상 짐을 싸고 있으니 당신의 침묵이 그토록 오래되었다는 것도 실감이 되지 않았다. 간혹 손길이 멈출 때마다 깨지거나 부서지지 않도록 옷 사이에 묻어둔 당신의 물건들 틈새로 한숨이 새어 들었다.

수는 바닥에 털썩 주저앉았다. 술을 몇 잔 마셔서인지 금방 지쳐버린 기분이었다. 수는 마른세수를 해대다가 소파에 놓여 있는 배낭에 문득 시선을 멈추었다. 수술한 부분이 아물긴 했지만 움직일 때마다 신경과 근육이 당겨오는 탓에 쯔메이는 소파에 기대앉은 채로 수를 맞이하곤 했다. 탁자를 두 팔로 짚어야 겨우 몸을 일으킬 수 있을 때였다. 라신을 만나기 전이었는데 이후의 쯔메이 모습은 잘 떠오르지 않았다. 짧은 만남이었지만 쯔메이는 라신을 만나기 전으로 돌아갈 수 없을 것이다. 그래서 떠났을지도.

그런데 어디로 갔을까.

　여자들에게 당신을 보러 간다고 하니 기겁을 했다. 갑작스럽
기야 하겠지만 기상친외현 뉴스라도 집한 것처럼 펄쩍 뛰는 모
습에 도리어 수가 당황했다. 그게 이렇게까지 놀랄 일인가. 그
도 그럴 것이 수가 자신에 대한 이야기를 하지 않았으니까. 여
자들은 수가 결혼을 했다는 사실마저 잊은 듯했다. 오래전에
수가 술자리에서 당신에 대한 이야기를 하다가 울음을 터뜨렸
던 것을 겨우겨우 기억에서 끄집어낸 여자가 "헤어진 거 아니
었어?"라고 물었다. "헤어지긴요. 아니에요." 수는 일부러 활
짝 웃어 보였다. 하지만 여자들은 하나같이 "왜? 남편한테 무
슨 일이라도 생긴 거야?" "뭐 하는 사람이기에 이제야 불러들
여?"라고 하면서 어딘가 불편하고 못마땅한 기색을 감추지 못
했다. 그럴수록 더욱 씩씩하고 밝은 척하려 했지만 지레 기분
이 상해버린 수는 별다른 대꾸를 하지 않았다. 그나마 패딩 여
자가 "잘됐네. 이참에 애라도 하나 만들어봐."라고 말해줘서
어색해질 뻔했던 분위기가 조금이나마 풀릴 수 있었다. 수는

돌아와서 연락하겠다고 말하고는 부재하는 동안에 필요한 털실이나 원단 들을 선물로 주겠다고 했다. 여자들은 실룩샐룩한 표정으로 이것저것을 뒤적이면서 "누군 좋겠네. 잘 다녀와." 하고 심통 부리듯 인사를 건넸다.

12

비행기가 활주로에서 떠오르는 것을 보며 수는 손바닥으로 명치께를 문질러댔다. 공항에 들어서는 순간부터 가슴이 답답하고 자꾸만 식은땀이 났던 터였다. 한국을 다녀올 때마다 마음이 편한 적 없었으니 몸이 자동으로 반응하는 건 어쩌면 당연한 일이었다. 물리적으로는 어이없을 정도로 가까운 거리가 당신이 꼭꼭 숨어버리는 바람에 천길만길보다 멀고 아득하게 여겨졌다. 드디어 가는구나. 이런저런 생각에 빠져들 틈도 없이 한국에 도착했다. 라신은 배편으로 오후에나 도착한다고 했다. 수는 일단 공항버스를 타고 상계동으로 향했다. 눈앞에 스쳐 가는 바깥 풍경들이 낯설게 느껴졌다. 변했다고도, 변하지 않았다고도 말할 수 없는 묘한 분위기가 한강 줄기를 따라 흐르고 있었다.

한참 만에 마들역에서 내린 수는 처음에 보이는 옷 가게로 무작정 들어갔다. 하지만 마음에 드는 것이 없었다. 무엇을 입어도 칙칙한 낯빛과는 어울리지 않았다. 치마는 너무 짧았고 상의는 빛깔이나 디자인이 지나치게 화려했다. 몇 벌 입어보던 수는 오래된 양장점으로 옮겨 검정 원피스를 골랐다. 그리고 동네를 두리번거리며 사우나를 찾던 중에 스타킹과 펌프스도 한 켤레씩 샀다. 말끔하게 씻고 새 옷으로 갈아입으니 텁텁하고 묵직하게 가라앉았던 기분이 한결 산뜻하게 느껴졌다. 내친김에 수는 미용실에 가서 머리도 잘랐다. 묵혀두었던 세월이 가윗날이 지날 때마다 뭉텅뭉텅 잘려나갔다.

왔구나. 들어가자.

아버지는 빌라 앞에서 마주쳤다. 한 손에는 콩나물과 두부가 들려 있었다. "주세요." 수는 아버지 손에서 비닐봉지를 받아 들었다. 몇 년 만에, 그것도 연락도 없이 불쑥 찾아온 수를 아버지는 덤덤한 표정으로 맞이했다. 오랜만이라든가 반갑다는 말을 하는 대신 어깨를 두어 번 두드려주었을 뿐이었다. 수가 쌀을 안치고 콩나물국을 끓이는 동안에도 아버지는 창가에 즐비한 화초들만 바라보고 있었다. 냉장고를 열어보니 김치 종지와 반쯤 남아 있는 소수병이 넝쿠러니 놓여 있었다. 빛광을 받아 거무스름하게 그늘진 아버지 모습이 그림자처럼 여겨졌다. 엄마가 돌아가신 이후에 많이 야윈 듯했다. "점심 드세요." 아버지와 단둘이 식사를 한다는 것이 어쩐지 어색하게 느껴졌다. 식사는 고사하고 이렇게 마주 앉은 것도 성인이 된 이후로 처음이었다. 수는 애꿎게 창가로 시선을 던지며 "꽃이 예쁘게 피었네요."라고 말했다. 행운목 한가운데에 기다랗게 솟은 줄기를 따라 하얀 꽃들이 오종종하게 매달려 있었다. "겨우내 비실거려서 죽는가 싶었는데 햇빛을 보더니 저리 꽃을 피우더구나." 아버지는 입가에 묻은 콩나물국을 손으로 훔쳐냈다. 숟가락질이 불편해 보였다. "한 서방은 잘 있지?" "그럼요." 수는 애써 미소를 지었다. "그래, 사업은 잘되고?" 그 말에 수는 잠시 머뭇거렸다. 아버지에게 사업을 한다고 말한 기억이 없었다. 늘 핑계를 댔던 것이 회사출장이나 비상근무였고 입버릇처럼 곧 서울로 발령을 받을 거라고 해온 터였다. 그럼에도 불구하고 수는 "네에." 하고 대답을 얼버무렸다. 아버지는 밥에만 시선을 고정한 채로 무뚝뚝하게 말했다. "무엇보다 건강이 우선이니 너무 무리하지 말라고 일러라. 너도 옆에서 한 서방 잘 챙겨주고." "아버지는 건강 괜찮으세요?" "아프면 병원 가면 되지. 연금이 또박또박 나오는데 무슨 걱정이냐. 나한테는 그게 자식새끼다. 친정에 발길이 잦은 것도 좋지 않으니 너는 한 서방한테나 신경 써. 그게 효도야." 억지로 밝은 표정을 지었지만 어쩐지 마음이 무거웠다.

수는 장을 봐다가 밑반찬 몇 가지를 만들어놓고 냉장고에 고기와 계란을 넉넉하게 채워놓았다. 그러고는 빨래통을 살펴보는데 쉰내가 코를 찔렀다. 아무리 애벌빨래를 하고 삶아도 봤지만 냄새는 쉬 지워지지 않았다. 모조리 버리고 싶은 마음을 누르며 거실장에 용돈을 놓아두려는데 통장 하나가 눈에 띄었다. 잘 넣어두시지 않고. 통장을 넘겨보던 수는 눈이 휘둥그레졌다. 연금으로 생활한다더니 아버지는 청소대행업체에서 다달이 월급을 받고 있었다. 갑자기 숨을 쉬기가 힘들었다. 심장이 오그라드는 것도 같았다. 가슴을 쥐고 한참 동안 엎드려 있던 수가 고개를 들자 엄마가 액자 속에서 꽃처럼 환하게 웃고 있었다. "엄마는 좋겠네." 엄마가 좋아하던 화초 잎사귀들을 얼마나 닦아놓은 건지 햇빛이 부딪는 곳마다 반짝반짝 윤이 났다. 안방을 열어보니 아버지는 목침을 베고 장롱 방향으로 모로 누워 잠들어 있었다. 발바닥에 하얀 각질이 두껍게 잡혀 있었다. 수는 살그머니 방문을 닫고 집을 나섰다.

약속 시간이 지나도록 라신은 오지 않았다.

수는 남산 계단을 오르락내리락하면서 간간이 주변을 둘러보았다. 일곱시 약속이었지만 인천항에 다섯시에 도착한다니 제시간에 오기란 어려울 것이다. 그마나 계단 앞에서 만나기로 한 것은 잘한 선택이었다. 덕분에 수는 남산을 돌아보며 자판기 커피도 마시고 크게 심호흡도 하면서 초조함을 달랠 수 있었다. 하지만 시간이 지날수록 당신을 만나는 설렘보다 혼란스럽고 불안한 마음이 커지고 있었다. 라신이 한 말이 사실이라면 살인청부자가 되어야 할 것이다. 만약 아니라고 해도 지금까지의 행동으로 보아서는 라신이 당신을 가만둘 것 같지 않았다. 그러니 사실을 확인하는 것이 무슨 의미가 있을까. 당신이 보고 싶었지만 보게 되는 것이 두려웠고, 도망가고 싶었지만 그럴 수 없다는 것도 수는 모르지 않았다.

그때 휴대폰이 울렸다. 라신이었다. 설명해준 대로 계단 아래로 내려와 횡단보도에서 오른쪽으로 꺾어지니 검정색 자동차가 정차되어 있었다. 수는 어정쩡하게 조수석에 올라탔다. "이 차는 뭐예요?" 모자를 푹 눌러쓴 라신이 바로 차를 출발시켰다. "그러면 걸어서 쫓아다니려고 했어?" 라신이 힐끗 수를 돌아보았다. "한국 오니까 좋나 봐?" 수는 키트로 자른 머리를 어색하게 매만지며 정면을 응시했다. "이제 어디로 가면 되죠?" "뭐가 그렇게 급해. 오랜만일 텐데 어디 가고 싶은 데 없어?" 자동차는 한남대교를 향해 달리고 있었다. "없어요." 수는 차갑게 대꾸하고는 조수석 차창으로 고개를 돌렸다. 당신이 그리던 청사진이 저런 모습이었을까. 몇 년 사이에 빌딩들은 하늘을 찌를 듯이 높아져 있었고 어둠이 내렸는데도 자동차 헤드라이트와 간판네온이 사방을 훤히 비추었다. 정작 서울에 살았을 때는 눈에 들어오지 않았던 풍경이었다. 한강에는 반사된 불빛들이 은멸치 떼가 물속에서 파닥이는 것처럼 반짝이고 있었다. "정말 하고 싶은 거 없어? 먹고 싶은 거라도?" 라신이 재차 물었다. "없어요." 수는 아무런 감정을 싣지 않고 대답했지만 그 말이 진심이라는 자각에 문득 슬퍼졌다. "데이트해봤을 거 아냐?" 수는 아무런 대꾸를 하지 않았다. "별로 재미없었구나."라는 라신의 말에 입술을 삐뚜름하게 비틀며 씁쓸하게 미소를 흘릴 뿐이었다.

정말 그랬네. 당신의 욕망이 무언지도 모른 채로 난 그저 당신만을 욕망해왔어.

연애를 하는 동안에 데이트를 했다고 말할 만한 기억이 없었다. 그저 당신을 기다리다가 가까운 식당에서 밥을 먹거나 술을 마시고 수순처럼 모텔을 간 것이 전부였다. 퇴근 시간이 늦어지면 편의점에서 먹거리와 맥주나 싸구려 양주를 사 들고 모텔로 직행했다. 주말이나 생일, 기념일에도 크게 다르진 않았다. 영화를 본 적은 손가락에 꼽을 정도였는데 그마저도 모텔로 가기 전에 무료한 시간을 때운다는 의미 이상은 아니었다. 수는 내심 섭섭하면서도 영화보다는 모텔에 가는 것을 더 좋아했던 것 같다. 스크린을 보는 것보다 둘만이 아는 은밀한 공간에서 당신과 눈을 맞추고 싶었다. 친구와 연인을 구분하는 것은 어쩌면 모텔을 가느냐 마느냐의 차이일지도 모르겠다.

　라신은 르네상스호텔 주차장에 차를 세웠다. "일부러 숙소를 도심 한복판에 잡았는데 하고 싶은 게 없다니 할 수 없지. 올라가서 쉬어." 라신이 호텔 카드키를 건네주었다. 그것을 멀뚱하게 바라보던 수가 의아해하며 물어보았다. "범죄자 아니에요?" "뭐?" "범죄자라면서 호텔은 어떻게 예약했어요?" 그러자 라신이 쿡 하고 웃음을 터뜨렸다. 농담 아닌데. "한국에 자주 와요? 길을 완전히 꿰고 있던데요? 여기 있다가 들키면 어떡해요? 경찰이라도 들이닥치면?" 수가 질문을 쏟아내는 동안 라신은 뭐가 그리 좋은지 벙실벙실하며 미소를 머금고 있었다. 눈매가 굽어지면서 부챗살 모양으로 주름이 패었다. "이제야 나한테 궁금한 게 생겼나 보네. 걱정하지 마. 게다가 넌 범죄자가 아니잖아." "누가 뭐래요?" 냉정하게 받아쳤지만 사실 수는 혼자 있는 것이 무서웠는지도 모르겠다. 그렇다고 라신과 함께 있을 거라고 생각한 것은 아니었다. 무안해진 수는 카드키를 낚아채듯 받아 들고는 황급히 차에서 내렸다. 라신이 주차장을 빠져나간 후에도 수는 제자리에서 옴짝달싹할 수가 없었다. 갑작스러운 외로움에 온몸이 포박당한 것 같았다.

　다음 날 수는 눈이 떠지기 무섭게 상체를 발딱 일으켰다. 어둠 속에서는 미처 느끼지 못했던 날선 기운이 느껴졌다. 수는 발작적으로 머리를 더듬었다. 밤새 누군가에게 머리칼을 잘리기라도 한 듯이 "아, 아, 아악" 소리까지 지르며 허둥지둥 침대를 빠져나왔다. 이불에 발이 엉키며 바닥에 넘어졌을 때에야 수는 정신이 들었다. 몸을 일으키자 벽면 거울에 커트보다 짧은 머리에 눈두덩이 퀭하게 들어간 여자가 속옷 차림으로 서 있었다. 수는 자신의 모습을 가만히 응시하다가 침대 모서리에 힘없이 걸터앉았다. 자신도 모르게 찾아온 분열과 혼란에 이성이 완전히 정복당한 것 같았다. 몸을 뒤채며 악몽을 꾸었던 것 같기는 한데 머릿속이 깜깜해져서 아무런 생각도 나지 않았다. 방에 들어오자마자 침대에 쓰러져 잠이 든 기억밖에는. 그래도 검정 원피스는 옷장에 얌전하게 걸려 있었다.

　지금 어디로 가고 있는 건지. 절로 한숨이 새었다.

수가 샤워를 마치고 나오자 휴대폰에 부재중전화 알림이 떠 있었다. 전화번호까지 뜨진 않았지만 라신이었을 것이다. 수는 드라이어로 머리를 말리고 화장을 했다. 오랜만에 하는 거라 어색하긴 했지만 비비크림으로 꼼꼼하게 잡티를 가리고 공들여서 화장을 하고 나니 고단하고 지난했던 삶의 냄새가 조금 가려진 듯했다. 당신 앞에 나설 수 없는 걸 알지만 그래도 추레한 모습으로 당신을 보고 싶지는 않았다. 조금 있으니 라신이 전화를 걸어와 로비에 와 있다고 했다. 수는 머리와 옷매무새를 가다듬었다.

로비로 걸어오는 수의 모습을 보면서 라신이 놀랍다는 표정을 지었지만 수는 짐짓 태연하게 입을 열었다. "커피부터 마셨으면 좋겠어요." 라신도 낡은 점퍼를 벗고 캐주얼한 재킷에 구제 청바지를 입으니 중국에서 보았을 때와는 분위기가 사뭇 달라 보였다. 이것도 일종의 보호색인가. 겨울이라 몰랐는데 왜소하지만 근육질 몸매가 단단한 인상을 주었다. 라신과 수는 로비에 있는 카페 엘리제로 갔다. 말없이 커피만 바라보던 수가 먼저 침묵을 깼다. "쯔메이에게 잘못한 거예요." 라신도 하릴없이 스푼으로 커피를 휘젓다가 "알아. 나도."라고 혼잣말처럼 중얼거렸다. "얼마나 좋아했는데." "알아." "그러면 안 되는 거였어요." 수는 눈두덩이 점점 뜨거워지는 것을 느꼈다. "미안해." 대답이 누구를 향한 건지는 알 수 없었지만 수는 라신을 흘깃 흘거보고는 고개를 돌렸다. 소쪽름 아침 햇실이 통유리에 화선지를 덧댄 것처럼 하얗게 쏟아지고 있었고 그 너머로 울울창창하게 서 있는 가로수들이 보였다.

이제야 알겠다. 수는 사랑이 지닌 이기심에 자신도 모르게 진저리를 쳤다. 그것은 비단 사랑을 받는 자에게 국한된 말이 아니었다. 사랑하는 일도 이기심의 발로일 뿐, 자신으로부터 출발한 사랑이 다시 자신에게 되돌아와야 비로소 끝이 나는 것이다.

그러면서 수는 자신이 품고 있던 당신에 대한 기억들이 한낱 환상에 불과할지 모른다는 생각을 했다. 그것도 단단한 반석 위에 세워진 것이 아니라 허공에 위태롭게 떠 있는, 아무리 사실일지라도 더 이상 사실이라 말할 수 없는 기억들. 당신을 기다리는 시간마저 가치 있게 여기며 의심조차 품어본 적 없었던 기억의 장막이 걷히고 이면에 도사린 냉혹한 현실과 맞닥뜨려야 하는 시간.

수는 크게 심호흡을 했다. "이제 어디로 가죠?" 마음을 단단히 먹어야 한다는 강박이 수를 더욱 긴장되게 만들었다. 라신은 슬쩍 손목시계를 들여다보았다. "아직 좀 이른데. 오후가 지나서야 슬슬 움직이기 시작하거든. 방에 있기 답답하면 같이 나가든가." "어디 갈 건데요?" 그러자 라신이 어깨를 한 번 들썩이며 "어디든."이라고 웃으며 답했다.

이곳저곳을 돌아다녔다. 딱히 가고픈 곳이 없으니 어디든 갈 수 있었는데 수의 시선은 코발트빛 하늘에 하얀색 수채물감을 방울방울 떨어뜨린 것처럼 부드럽게 풀어져 있는 구름만 좇고 있었다. 예전과는 다르게 질감이 거칠게 느껴지기도 했다. 라신은 한강공원으로 핸들을 돌렸다. 그곳에서 간단히 컵라면과 김밥을 먹었다. 공원에는 자전거 타는 사람들이 간간이 지나갈 뿐이었다. 라신이 매점에서 따뜻한 캔커피를 사 왔다.

"한국말 할 줄 알아요?" 그러자 라신이 씩 웃어 보이더니 한국말로 답했다. "조금. 근데 듣는 걸 더 잘해." 억양이나 발음이 부자연스러웠지만 웬만큼은 하는 모양이었다. "그러면, 그때…… 다 들었겠네요?" 수는 라신이 못 알아들을 거라 여기고 쯔메이와 한국말로 사담을 나눈 터였다. "당연하지. 표정관리 하느라 얼마나 힘들었는데. 날 미워하는 건 부부가 똑같다니까." 라신은 장난스럽게 말했지만 그때 쯔메이에게 고백 아닌 고백을 들은 셈이었다. 수가 라신이 마음에 들지 않는 이유를 들어가며 "조심해."라고 말할 때마다 "그래도 전 좋아요."라고 하면서 "헤헤" 웃었던가. 설령 한국말을 알아듣지 못한다 하더라도 천진하고 순진무구한 표정만으로도 충분히 그 뜻을 알아차릴 수 있었을 것이다. 그러한 모습에 수는 조금 부끄러워졌던 기억이 났다. 아이가 무언가를 원할 때 그것을 갖고 싶다는 욕망 이외에 어떤 이유나 목적, 효용성 같은 것이 존재하지 않는 것처럼 일체의 사념이 끼어들지 않은, 투명하고도 맑은 눈빛이었다. 더군다나 사랑은 언어의 영역을 뛰어넘는 또 다른 세계의 언어이니까. 그래놓고 쯔메이가 한순간에 떠났다는 사실이 도무지 믿기지 않았다. 수에게 면목이 없어졌다 하더라도 그건 별개의 문제가 아닌가.

라신은 당신 역시 자신이 한국말을 알아듣지 못하는 줄 알고 있다고 했다. 그래서 무심코 내뱉은 말들로 속내를 들켜버렸나 보다. 라신이 모멸과 천대를 참아가며 속으로 칼날을 갈고 있는 줄도 모르고 말이다. 그건 라신의 잘못이 아니었다. 당신은 스스로 속아 넘어간 것이다. 수가 당신에게 그랬던 것처럼.

13

점심을 먹으러 거리로 쏟아져 나왔던 직장인들이 다시 빌딩으로 빨려 들어가 커피로 식곤증을 달랠 무렵에야 당신은 슬슬 출근 준비를 하는 모양이었다. 녹사평역을 지나면서부터 수는 계속해서 마른침을 삼켰다. 입안이 바짝바짝 말랐다. 라신도 굳은 표정으로 아무 말이 없었다.

라신의 설명에 따르면 당신은 이태원과 종로에 각각 두 군데 매장을 갖고 있었다. 네 군데 모두 명품과 이미테이션을 취급하는 곳이었고 최음제와 환각제는 클럽이나 룸살롱을 중심으로 비밀리에 거래되고 있었다. 라신은 시간대별로 당신이 다니는 동선을 파악하고 있었다. 첫 번째로 갈 곳은 이태원시장 쇼

평거리 뒷골목에 있었는데 일반손님들이 가장 많은 매장이라고 했다. 라신은 멀찌감치 차를 세워놓고 당신이 나오기만을 기다렸다. 핸들을 잡은 오른손에 불거진 힘줄이나 두 눈을 부릅뜨고 있는 걸 보니 긴장하고 있는 것 같았다. 당신을 보기도 전에 분노가 들끓고 있는지도 몰랐다.

이윽고 라신이 "저놈이다!"라고 낮게 읊조렸다. 수는 반사적으로 허리를 곧추세웠다. 어디를 봐도 당신은 없었다. 두꺼비처럼 짧은 목에 몸통이 두툼한 사내가 두리번거리며 쇼핑거리를 향해 걷고 있을 뿐이었다. "호객행위 하는 놈이야. 거리에서 살 만한 사람들을 기가 막히게 골라내지. 조금만 기다리면 남편도 나올 거야." 라신의 말이 끝나기가 무섭게 건물 입구에서 당신이 모습을 드러냈다. 아! 순간 수는 한 손으로 입을 틀어막았다. 당신을 처음 만났을 때처럼 심장이 뛰고 피가 역류하는 듯 귓불까지 붉어지는 것이 느껴졌다.

당신은 변한 것이 없었다. 깔끔하고 단정한 모습 그대로였다. 당신은 입구에서 누군가와 통화를 하고 있었다. 건물에 설치된 차양으로 비스듬하게 내려앉는 햇빛이 얼굴 윤곽을 더욱 도드라지게 만들었다. "여기서는 물건과 매출장부만 확인하고 바로 나가더라고." 수는 라신이 하는 말이 들리지 않았다. 그저 휴대폰을 들고 있는 당신의 손가락, 슬몃슬몃 미소가 번지는 당신의 입술, 섬유유연제 냄새가 풍길 것 같은 셔츠와 주름 하나 없이 반듯하게 펴져 있는 바지, 그 안에 숨겨져 있는 매끈한 살결과 체취까지, 그 모든 것이 수의 몸에 전율을 일으키며 마음속으로 스며들고 있었다. 어떻게 이럴 수가 있지? 모든 감각 기관에 새겨져 있는 당신에 대한 인상이 되살아나는 것에 대해 수는 스스로에게 놀라고 있었다. 더군다나 당신에게 반했던 그 순간으로 돌아간 듯한 착각까지 일었다. 첫인상에 따라서 상대의 모든 말과 행동이 재해석되는 건 잠들어 있던 감각이 이성을 누르고 착시효과를 일으키기 때문이라는 말이 괜한 소리는 아니었나 보다. 언제나 감각은 이성을 앞서는 법이니까. 라신은 당신을 멍하니 바라보고 있는 수를 가만히 내버려두었다. 수는 당신이 건물 앞에 주차되어 있던 하얀색 BMW를 타고 떠나고 나서야 조수석 등받이에 쓰러지듯 기대며 "하아." 하고 틀어막고 있던 신음과 한숨이 뒤섞인 탄식을 길게 토해냈다.

수가 차에서 내리려 하자 라신이 팔뚝을 잡았다. "어디 가?" "제 눈으로 직접 확인해야겠어요." "무엇을?" "남편이요. 어떻게 살고 있는지 봐야 할 거 아니에요. 그러려고 온 거 아니었어요?" 그렇다. 그러려고 온 거였다. 비록 당신 앞에 나서지는 못한다지만 그것까지 라신이 막을 수는 없었다. "혼자…… 위험할지 모르는데." 하지만 말과는 다르게 수를 잡고 있던 손에 힘이 풀렸다. "조심해." 수는 라신의 말을 뒤로하고 차문을 탕 닫았다.

당신이 떠나간 자리를 거슬러 수는 매장 안으로 들어갔다. 매장이라기보다 지하창고라고 하는 편이 어울릴 성싶었다. 가죽 소파에 앉아서 노닥거리고 있던 사내들이 놀란 듯이 동시에 돌아보았다. "어떻게……." 수는 크게 숨을 들이마신 다음에 물건을 보러 왔다고 대답했다. 사내들은 어리둥절하게 서로의 얼굴을 쳐다보았다. 뜨내기들이 드나드는 곳이 아니라 호객행위를 담당하는, 아까 보았던 두꺼비 닮은 사내가 손님을 데려오는 시스템으로 운영되는 눈치였다. 수는 애써 태연한 표정을 지으며 친구에게 소개받았다고 덧붙였다. 그제야 사내들은 소파에 자리를 내어주었다.

수는 곁눈으로 주변을 살펴보았다. 한쪽 벽면에 캐비닛이 일
렬로 세워져 있고 구석에 철제책상 하나가 덩그러니 놓여 있
는 것이 전부였다. 사내 한 명이 카탈로그를 가져다주었다. 거
기에 빨간색으로 표시된 명품 가방은 귀금하는 내 모두 진품이
나 다름없다고 했다. 중국 공장에서 빼돌린 것들이었다. 수는
카탈로그를 뒤적여보면서 시계는 없느냐고 물었다. "결혼예물
로 쓰려고요. 그러니 웬만큼 좋은 것이었으면 좋겠어요." 뒤에
서 있던 사내가 눈짓을 주고받으며 매장을 나가는가 싶더니 한
참 만에 돌아와서는 오크나무로 만든 함을 열어주었다. 큐빅이
촘촘히 박힌 피아제와 메탈밴드로 된 롤렉스 시계가 들어 있었
다. 사내는 "적어도 이 정도는 되어야 폼이 나겠죠?"라면서 수
를 쳐다보았다. 눈매가 가늘어졌다. "가짜지만 아무도 눈치채
지 못할 거예요. 시간이 흐르는 거야 다이아든 큐빅이든 똑같
을 테고." 시계를 살펴보는 척하던 수가 눈동자만 들어서 사내
를 슬쩍 흘겨보았다.

그 말은 틀렸어요. 공평하게 흐르는 것 같지만 각자 느끼는

시간이야말로 불공평한 법이니까.

　수는 물건이 마음에 드니 은행에서 돈을 찾아오겠다고 했다. 불법이니만큼 현금거래만 허용되었던 터였다. 그러자 사내 둘이 같이 가겠다고 따라나섰다. "아, 아니. 혼자 다녀올게요."라고 해도 막무가내였다. 사내 한 명은 아예 출입문을 막고 서 있었다. 입은 웃고 있었지만 눈빛이 매서웠다. 상황이 이쯤 되다 보니 호객행위 하는 두꺼비 사내가 살 만한 사람을 기가 막히게 골라 오는 것이 아니라 이곳에 발을 들여놓은 이상 사지 않고는 배기지 못하는 것일지 모른다는 생각이 들었다. 어쩔 수 없이 사내 둘과 건물을 나서게 된 수는 근처에 있는 은행까지 끌려가다시피 했다. 사내가 양쪽에 바짝 붙어 있는 바람에 라신이 있는 곳은 돌아보지도 못했다. 더욱 난감했던 건 통장이나 카드가 있을 리 만무하다는 것이었다. 수는 잠시 화장실을 다녀오겠다고 말하고는 양변기가 있는 칸에 들어가 라신에게 전화를 걸었다. "어디예요?" 언제 뒤쫓아 왔는지 라신은 이미 은행 뒤편에 와 있다고 했다. 수는 라신이 시키는 대로 화장실에 나 있는 창문을 통해 도망쳤다. 라디에이터를 밟고 가까스로 창문을 넘은 수는 대기하고 있는 차에 올라타자마자 가방을 끌어안은 채로 고개를 떨구었다. 가쁜 숨을 몰아쉬는데 라신이 어깨에 손을 올렸다. "괜찮아?" 수는 손을 거칠게 뿌리쳤다.

당신에게도 수없이 들린 말. 사실은 괜찮지 않았다. 사내들이 아니라 당신 때문에 수는 몸이 떨려왔다. 너무나 괜찮아 보이는 모습이 왜 절망적으로 느껴질까. 조금 전 보았던 시계 초침이 눈앞에서 째깍째깍 돌아가고 있었다. 누가 보아도 그럴듯한, 하지만 당신이 자신에게도 가짜였다는 사실은 아직까지 인정하고 싶지 않았다. "이제 어디로 가죠?" 수는 짐짓 아무 일도 없었다는 듯이 물었다. 라신은 말없이 차를 몰았다.

한참을 달린 것 같은데 조금 전에 보았던 음식점 간판과 가로수들이 다시금 차창을 스쳐 갔다. 수는 라신을 돌아보았다. 표정이 어둡게 굳어 있었다. 내부에서 소용돌이치는 정체 모를 입자들이 서서히 침잠하기를 기다리는 것 같았다. 수는 자세를 바로잡고 회전목마처럼 돌고 또 돌아가는 바깥 풍경들을 바라보았다. 그런데 낯익은 자동차 한 대가 시야에 들어왔다. 건물 입구에서 당신이 타고 떠났던 하얀색 BMW였다. 겨우 여기까지 온 거야. 처음 갔던 매장과 불과 몇백 미터밖에 떨어져 있지 않은 카페테리아였다.

창가에 앉아 있는 당신을 얼핏 본 것도 같은데 라신은 그 앞을 지나치고 있었다. "잠깐, 잠깐만요. 여기 세워봐요." 수가 차창을 두드리며 다급하게 외쳤다. 그제야 라신이 옆을 돌아봤지만 뒤에서 차들이 오고 있었기 때문에 멈출 수는 없었다. 수는 고개를 돌려 뒤편과 라신을 번갈아 쳐다보며 "세우라니까요! 저기 있단 말이에요!"라고 소리쳤다. 아무리 마음을 다잡고 침착하려 해도 고삐 풀린 망아지처럼 순간순간 감정이 널을 뛰며 극과 극으로 치닫는 건 제어할 방도가 없었다. 당신 앞에서 이성이란 무력한 것이었다. 라신은 핸들을 돌리며 말을 이었다. "두 번째 매장도 크게 다르지 않아. 차이점이라면 아까 갔던 매장보다 고가의 물건들을 취급하다 보니 중간에 브로커가 끼어 있다는 정도랄까. 단골을 상대하면서 중고 거래도 하고 있다고 들었어." 라신은 골목과 골목을 거슬러 당신이 있는 카페테리아까지 되돌아왔다. 그러고는 속도를 줄이고 천천히 그 앞을 지나쳐 갔다. "아마 브로커나 단골들을 만나는 거겠지. 고객

관리 차원에서." 도로가 줍다 보니 차를 세워둘 곳이 마땅치 않았다. 수는 의자 뒤로 목을 길게 빼고 당신을 찾는 데 열중했다. 라신이 하는 말은 귀에 들리지도 않았다. 아스라이 멀어지는 당신 앞에 웨이브 머리를 늘어뜨린 여자가 앉아 있었다. "한 번만 다시, 아니 그냥 저 어기서 내릴게요." 수는 안전벨트를 풀고 달리는 차에서 뛰어내릴 기세로 문고리를 잡아당겼다.

생각해보면 어리석은 짓이었다. 일거수일투족을 좇는다고 당신을 더 정확하게 알 수 있을까. 알면 알수록 당신을 모르겠다는 자각만이 더해갈 뿐이었다. 하지만 발을 빼기에는 너무 늦었다. 이미 늪에 빠져버린 듯 수의 마음이나 몸이 의지대로 움직여주지 않았다.

수는 카페테리아 안으로 들어갔다. 당신에게 들킬지도 모르는 일이었지만 앞뒤를 생각할 겨를이 없었다. 라신도 더 이상 말리지 않았다. 근처에 있을 테니 전화하라고만 일러주었다. 눈동자가 근심으로 젖어 있었다. 수는 당신과 대각선으로 떨어진 테이블에 등을 지고 앉았다. 사이에 있는 테이블이 모두 비어 있었지만 당신의 말소리가 들려오지는 않았다. 간간이 여자 웃음소리가 스타카토처럼 분절되어서 들려올 뿐이었다. 수는 아메리카노를 시켰다. 손이 어찌나 떨리던지 커피가 일렁 거렸고 하마터면 잔까지 놓칠 뻔했다. 수는 손으로 입술에 묻은 커피를 아무렇게나 닦아냈다. 당신이 앉아 있는 테이블 방향으로 머리카락이 쭈뼛 향해 있는 것처럼 온 신경이 곤두섰다. 수는 가방에서 손거울을 꺼내 테이블에 세워보았다. 옆으로 비켜 앉아 이리저리 각도를 맞춰보니 당신 모습이 거울 속으로 들어왔다.

비둘기색 셔츠를 입은 당신의 어깨 너머로 여자 얼굴도 설핏 비쳤다. 한눈에도 세련된 이미지에 이목구비가 시원시원했다. 수는 거울에 비친 여자를 골똘하게 쳐다보았다. 당신을 바라보는 눈빛, 당신에게 던지는 미소, 굵게 컬이 잡힌 머리칼 사이로 반짝이는 이어링과 당신이 쓰다듬어주는 얼굴선까지. 수와는 다른 이미지였지만 당신을 향해 있는 표정은 닮은 것 같았다. 당신이 여자를 향해 팔을 뻗었다. 수도 당신을 따라 자신의 얼굴에 가만히 손을 포개보았다. 대화하는 도중에 상대방 귓불 아래로 손을 깊숙이 넣고 턱까지 쓸어내리는 것은 당신의 버릇이었는데 가운뎃손가락이 귓불 뒤의 움푹 팬 부분에 닿는 순간 부드럽고 다정하게 육정이 깨어났던 기억. 당신의 그 손길을 자연스럽게 받아주는 걸 보니 단순한 파트너 관계는 아닌 듯했다.

당신이 다른 여자를 만나지 않을 거라고 생각하지는 않았지만 막상 만나는 모습을 실제로 보니 참담한 기분이 들었다. 당신을 유일한 존재로 각인시켜왔던 세월이 허무하게 느껴졌다. 미래는 물론 과거까지 당신을 위해 존재하는 것이라 여겼고 당신과의 관계로 모든 것을 바라보았는데. 그럼에도 불구하고 당신이 원망스럽기보다 그 손길을 그리워하는 자신이 한없이 초라하게 여겨졌다. 솔직히 당신 앞에 앉아 있는 여자가 부럽기도 했다.

당신은 상대를 사랑스럽게 변화시키는 재주가 있었다. 재주라고 해서 별다른 건 아니었다. 상대에게 사랑받고 있다는 확신을 심어주는 것만큼 확실하고 효과적인 방법은 없을 테니까. 수는 거울을 자리에 둔 채로 비척거리며 자리에서 일어섰다. 그러는 바람에 테이블을 치우려던 종업원이 수를 불러 세웠다. "저기요, 손님!" 그런데 그 목소리가 어찌나 크던지 당신도 뒤를 돌아보았다. 순간적으로 놀란 수는 종업원이 아니라 당신부터 쳐다보았다. 그러면서 잠시 잠깐, 시선이 스쳐 갔던 것 같은데⋯⋯. 수는 심장이 철렁 내려앉았다. 하지만 당신은 알아보지 못한 모양이었다. 당신은 유유히 여자를 향해 고개를 돌렸고 날카로운 찰나의 순간에 마음이라도 베인 듯이 수는 가슴을 움켜쥐었다.

카페테리아에서 나온 수는 바로 앞 건널목에 서 있었다. 신호등이 빨간불에서 초록불로 바뀌었는데도 발길이 떨어지지 않았다. 당신이 따라 나와서 다시 한 번 확인해주기를 내심 바라고 있었는지도 모르겠다.

길 건너편, 저 멀리에 라신이 있었다.

"아닐 거야. 누군가를 사랑하는 사람은 쾌락에 빠지지 않거든." 수가 아무 말도 하지 않았건만 라신이 위로하듯 말을 건넸다. 아무래도 침묵을 잘못 받아들였나 보았다. 수의 머릿속은 당신과 시선이 마주쳤던 장면으로 가득 차 있었다. 왜 알아보지 못했을까. 라신이 그러했던 것처럼 몰라보게 변해버린 외모

탓일까. 정작 변한 건 당신이면서.

　그렇다고 라신의 말이 틀린 건 아니었다. 순간의 일탈이라 하더라도 쾌락에 빠져드는 것은 어떤 결핍 때문일 텐데 사랑은 그렇게 떠돌아다닐 만큼의 여유나 빈자리를 내어주지 않으니 말이다. 수는 당신이 여자와 사라진 모텔을 올려다보았다. 매번 상대가 바뀐다는 라신의 말에 안심이 되었다. 최소한 사랑은 아닐 테니까. 그럼에도 불구하고 여자들은 수가 그랬던 것처럼 그저 하룻밤 상대가 아니라 당신이 자신을 진심으로 사랑하고 있다고 믿을지도 모르겠다. 당신은 여자들을 속이기 위해 연극을 하는 것이 아니라 그저 본능대로 즐기고 있는 거겠지만. 수는 낮게 콧숨을 내쉬었다. 당신은 처음 본 여자도 침대로 데려갈 수 있을 정도로 충분히 매력적이고 다정다감하면서 무엇보다 모성애를 불러일으키는 연약함이 있었다. 여자들을 무장해제시키는 동시에 죄책감을 상쇄시켜주는 힘을 지니고 있는 것이 바로 모성애 아닌가. 거기에 레퍼토리처럼 얼굴도 모르는 아버지와 외롭게 살아온 어머니에 대한 이야기가 더해지면서 여자들은 상처 입은 어린 새처럼 가슴에 얼굴을 비벼대는 당신을 따뜻하게 감싸주겠지. 비겁한 당신이 빠져나갈 구멍을 파놓는 것인 줄도 모르고, 바보같이.

　그건 수도 귀에 징이 박힐 정도로 들어온 이야기였다. 매번 잠자리를 하고 나면 당신은 예전에 말했다는 사실을 잊어버렸는지 토씨 하나 틀리지 않고 변사처럼 웅변을 늘어놓았다. 그때만큼은 비집고 들어갈 틈도 주지 않았다. 마치 신들린 것 같기도 했고 연극배우가 방백을 하는 것 같기도 했다. 그러다가 딱 한 번, 이미 들은 티를 낸 적이 있었는데 몇 날 며칠 냉랭한 기운을 감내해야 했다. 그래서 지루한 기색은커녕 맞장구도 치지 못하고 잠자코 듣고만 있었다. 그러다 보니 당신이 파놓은 구멍 속으로 수가 먼저 미끄러져 들어가게 된 것이다. 아버지에 관한 이야기를 반복해서 듣다 보니 당신 역시 결혼이라는 제도가 어울리지 않는 사람처럼 여겨졌기 때문이었다. 수는 당신을 놓아주어야 하나 고민을 했다. 미래에 대한 어떠한 기약도 없이 잠자리만 하는 관계에 회의가 느껴지던 참이기도 했다. 수는 당신의 마음이라도 확실하게 알고 싶었다. 반복에 반복이 거듭되면서 구멍이 너무 커져버린 셈이었다. 그래서 당신은 수를 잡았는지도 모를 일이었다. 나중에야 알게 된 일이지만 당신은 결혼보다 거절당하는 것을 더욱 두려워하고 있던 거였다. 아버지에게 버림받았다는 상처와 어머니에게도 버려질 수 있다는 불안이 뿌리 깊게 자리하고 있던 탓이었다.

당신은 아비 없는 자식이라는 소리를 들을까 봐 주변 사람들에게 언제나 반듯하게 행동했고 어머니에게도 반항 한 번 하지 않는 착한 아들 노릇을 해왔다고 했다. 설령 마음에 들지 않는 상대에게도 당신은 환심을 사야만 직성이 풀렸다. 그래서 늘 빠져나갈 구멍이 필요했고 라신의 말처럼 여기저기 구멍을 파다가 그 구멍에 발목이 잡힌 꼴이 된 것이다. 그것도 당신의 아버지에게 물려받은 유전자가 아닌지 수는 새삼스레 궁금해졌다. 아버지는 늘 자신을 시험하듯 새로운 관심에 목말라 있었다고도 했다. 그럼으로써 유일한 관계를 저버렸다는 것도 당신과 아버지의 닮은 점이었다. 당신도 누구의 품속에 둥지를 틀 수 있는 사람이 아니었다. 이별을 통보하는 것보다 살해라는 방법을 택한 것도 돈 때문이라기보다 그냥 그것이 가장 당신다운 선택이라는 생각이 들었다.

갑자기 딸꾹질이 났다. 숨이 차오르는가 싶더니 딸꾹! 놀라서 숨을 멈춰봤지만 가슴과 배가 동시에 들썩거리면서 끄윽, 끅 목구멍에서 이상한 소리가 새었다. 수는 가슴팍을 쳐봤다. 하지만 울음을 참는 사람처럼 끄윽, 끅 몸이 앞뒤로 술렁댈 뿐이었다. 그럴수록 수는 다문 입술에 더욱 힘을 주며 마른침을 삼켰다. 덕분에 당신에 대한 생각은 잠시 떨쳐버릴 수 있었다. 묵묵히 운전만 하던 라신이 "밥 먹자."라고 툭 말을 던졌다.

유리컵에 물을 가득 따라서 콧구멍을 틀어막은 채로 단숨에 들이켰더니 거짓말처럼 딸꾹질이 멈췄다. 그토록 거추장스럽게 여겨놓고 한순간에 멈춰버리자 어찌 된 일인지 섭섭하고 허전한 기분이 들었다. 그래서 끄윽, 끅 억지소리를 내며 몸을 달싹여봤지만…… 역시나 부자연스러웠다.

전골냄비만 쳐다보고 있던 라신이 수를 올려다보며 피식 웃음을 흘렸다. 전골냄비에는 즉석떡볶이가 끓고 있었다. 무안해진 수는 시선을 외면하며 국자로 떡볶이를 휘저었다. 매운 향내를 맡자 입안에 군침이 돌았다. 라신도 입맛을 다시면서 "다 된 거야?" 하고 물었다. 라신은 처음 먹어보는 것이라며 맵다고 연신 혀를 내미는 와중에도 계속해서 젓가락을 놀려댔다.

라신은 어묵과 튀김 한 접시를 추가로 주문했다. 그러고 보니 오늘 커피밖에 마땅히 먹은 것이 없었다. 배가 고픈 줄도 몰랐는데 라신이 떡볶이를 먹자고 한 거였다. 미리 유명한 식당을 찾아놓은 모양이었다. 당신과 있을 때는 당신이 무엇을 좋아하는지만 신경 썼다는 생각이 스치면서 라신에게 문득 고마운 마음이 들었다. 밀가루 음식과 육류를 좋아하지 않는 당신 때문에 수는 메뉴를 정할 때마다 늘 고심을 해야 했다. 한식이나 일식만 고집했던 탓에 분위기 좋은 프렌치 레스토랑에는 갈 엄두도 내지 못했으면서 그곳에서 프러포즈 받았다고 거짓말을 했으니. 원래 거짓말에는 소망이 담겨 있기 마련이려니.

어느 정도 배가 찼는지 라신은 젓가락을 내려놓고 이마에 송송 맺힌 땀방울을 훔쳐냈다. "왜 마약이라고 하는 줄 이제야 알겠네. 정신이 다 혼미해지는걸." 정말이지 매운 것을 먹다 보니 당신에 대한 사념이 끼어들 틈이 없었다. 종일토록 긴장했던 마음도 느슨하게 풀어졌다.

수는 앞접시와 전골냄비 중간쯤에 시선을 고정한 채 무심한 말투로 물었다. "그런데 왜 이런 일을 하는 거예요?" 라신이 눈을 동그랗게 떴다. "나?" 수는 라신을 올려다보고는 다시 고개를 숙였다. "음." 잠시 뜸을 들이던 라신이 무겁게 말문을 열었다. "우연이었어. 집이 가난했거든. 그래서 코흘리개 시절부터 이 집 저 집 심부름을 해주면서 한 푼 두 푼 받아 온 걸로 겨우겨우 연명했지. 말 그대로 겨우겨우. 왜 병은 가난한 사람만 쫓아다니는 건지, 엄마가 많이 아팠거든. 동생은 어렸고. 뭐, 나도 어렸지만." 라신이 입꼬리를 실룩거렸다. "아무튼, 그러다 보니 여기까지 흘러오게 된 거야." 수는 여전히 눈을 마주치지 않고 "살인도요?"라고 조심스레 물어보았다. 타박하려는 것이 아니라 진심으로 궁금해져서였다. 주변에 앉아 있던 사람들이 힐끗거렸지만 대화 내용은 알아듣지 못한 눈치였다. 그저 중국말이 오가는 것이 신기하다는 눈빛이었다. 라신은 수의 앞에 놓여 있는 유리잔에 물을 따라주면서 "응. 그것도."라고 나지막하게 대답했다. 얼굴이 순식간에 어두워졌다가 다시 심상해졌다. "운명을 좌우하는 것은 필연이 아니라 우연인 것 같아. 반드시 그렇게 되리라 믿었던 것들은 언제나 내 곁을 비켜 갔고 우발적이고 예기치 않은 순간들이 나를 이끌어왔거든. 그래서 인생이 재미있는 건지도 몰라. 예측하거나 기대한 대로 이루어지지 않으니까. 적어도 내겐 그랬어. 그래도 열심히 살았는데 말이야. 만약 내 삶에 필연이라는 것이 존재한다면 이렇게 하루하루 떠돌다가 차가운 뒷골목이나 감옥에서 죽음을 맞이하게 될 거라는 정도? 그래도 억울하진 않을 거야. 내가 해온 일들에 대한 죗값일 테니까." 수는 무슨 말을 해야 할지 놀랐나. 그때서 겨우 끄집어낸다는 말이 "커피 마실래요? 여기 자판기 커피는 공짜인데."였다.

당신도 그러했을까. 사필귀정(事必歸正)이라는 것도 사람이 지어낸 이상에 불과했다. 세상은 그렇게 호락호락하거나 순진하지 않았다. 설령 라신이 말한 우연도 수많은 경험들이 톱니바퀴처럼 맞물리면서 이루어진 필연의 결과라고 하더라도 '반드시 그렇게 되리라' 장담할 수 있는 건 세상에 아무것도 없었다. 다만 마음이 내어주는 길에는 어떤 표식도 없고 도덕이나 윤리로 설명할 수 있는 영역이 아니기에 변명처럼 운명이라 말하는 것이 아닐까. 논리와 이성으로는 도무지 이해할 수 없는 길. 외면하고 거스르려고 해도 자꾸만 그 길로 기우는 마음. 그것이 운명이 처한 운명이니까.

14

수는 아침 일찍 호텔을 나섰다. 어김없이 라신에게서 전화가 왔지만 혼자 다녀올 곳이 있다고만 일러둔 터였다. 엄마의 유골을 모신 추모공원까지는 거리가 꽤 되었는데 버스나 지하철 노선에 적혀 있는 지명마저 낯설어진 수는 택시를 타고 가기로 했다. 엄마가 돌아가신 이후로 처음 찾아가는 길이었다. 연락이 닿지 않는 당신에게 뒤늦게 부고를 전했을 적에 사십구재는 함께 찾아뵙기로 해놓고 그마저도 잊어버렸는지 당신은 또다시 소식이 감감이었다. 당신을 기다리느라 엄마마저 가슴에 묻어야 했던 수는 그런 자신이 한없이 부끄럽고 원망스러웠다.

한 시간 남짓 걸려서 도착한 추모공원은 한적한 곳에 위치하고 있었다. 수목원처럼 나무와 꽃 들로 둘러싸인 공원을 돌아가니 아치형으로 된 석조건물이 보였다. 수가 1층에 있는 사무실로 가서 납골묘를 찾고 싶다고 했다. 그러자 동그란 뿔테안경을 쓴 여직원이 서류 한 장을 내어주었다. 서식에 고인 이름과 생년월일, 고인과의 관계 및 방문자의 신상 등을 적게 되어있었다. 수가 작성한 서류를 다시 건네주니 여직원이 납골묘까지 가는 길을 허공에 그림까지 그려가며 상세하게 설명해주었다. 수는 여직원이 알려준 대로 복도 끝까지 걸어가 구름다리를 건너 엘리베이터를 타고 일반실 팻말이 붙어 있는 3층으로 올라갔다. 삼면으로 둘러져 있는 안치단에 빼곡하게 들어찬 유골함들이 한눈에 들어왔다. 유리문으로 되어 있는 층층마다, 또 칸칸마다 조화로 만든 리스와 가족사진, 묵주, 코팅한 네잎클로버 따위로 아기자기하게 꾸며져 있었다.

수는 오른편 안치단 구석에 한쪽 무릎을 꿇고 앉았다. 맨 아래층에서 엄마가 속없이 웃고 있었다. 수는 바닥에 쪼그리고 앉아서 무릎을 끌어안았다. 고개를 삐뚜름하게 기울여봤지만 액자 속 엄마와 시선을 마주하기가 힘들었다. 수는 그냥 엄마

곁에 눕고 싶었다. 그렇게 두런두런 이야기나 나누었으면. 갑자기 피곤이 몰려왔다. 천장에 나 있는 채광창에서 햇빛이 잠처럼 쏟아지고 있었다.

잠시 눈을 감고 있는데 기척이 느껴졌다. 게슴츠레한 눈으로 올려다보니 라신이 다가오고 있었다. 수가 일어서려는데 라신이 먼저 무릎을 꿇고 앉았다. "오랜만에 엄마 보러 오면서 빈손이라니. 하여간 딸자식 키워봤자 소용없다니까." 한 손에 빨간색 카네이션이 피어 있는 화분이 들려 있었다. 건물 옆에 있는 식물원에서 사 왔는데 영원히 시들지 않는 꽃이라고 했다. 그런 것도 있었나? 수가 신기한 듯이 화분을 받아 드니 라신이 주머니에서 사진 한 장을 꺼내주었다. 당신이 라신에게 준 사진이었다. 쯔메이를 수로 오해하게 만들었던 바로 그 사진 말이다. "놓아드려. 그래도 행복했던 순간이잖아." 그런다고 엄마가 모를까. 하지만 수는 라신이 말한 대로 유리문을 열고 사진과 화분을 들여놓았다. 허전했던 공간이 한결 풍성해 보였다. 라신은 무릎을 꿇은 자세로 엄마에게 인사를 하고는 말없이 일어서 나갔다.

밖으로 나와 보니 라신이 건물 입구에 서 있었다. "나까지 미행하는 거예요?" 당신을 따라가달라고 부탁한 건 자신이라는 것을 알면서도 말투에 가시가 돋아 있었다. 어쩌면 수는 당신에게 따지고 있는 걸지도 모르겠다. 왜 당신이 있어야 할 자리에 라신이 있는 거냐고. 속내를 아는지 모르는지 라신은 차를 세워둔 방향으로 걸어갔다. 쫓아가야 할지 말아야 할지 망설이고 있는데 라신이 차를 몰고 와서는 수에게 타라고 손짓을 했다. 못 이기는 척 조수석에 올라탄 수는 안전벨트를 매면서도 "언제부터 따라온 거예요?"라고 따지듯 물었다. "호텔에서부터. 혼자 있고 싶은 것 같아서 내버려둔 거야." "그러면 끝까지 내버려두었어야죠?" 그 질문에는 대답이 없었다. 하기야 대꾸할 말도 없었을 것이다. 하지만 그런 모습에 더욱 비참해진 수는 "왜 미행을 했냐고요? 왜! 왜! 왜!"라고 미친 듯이 소리를 질렀다. 수는 스스로도 분노가 치미는 이유를 알지 못했으나 라신에게 불행한 모습을 들켜버린 것 같아서 견딜 수가 없었다. 불쾌했고 자존심이 상했다. 더군다나 라신이 자신의 삶에 깊숙이 개입하고 있다는 불안과 두려움이 수를 몸서리치게 했다.

"남편이 있는 곳을 알고 있는데 내가 어떻게 미행을 안 하겠어. 둘이 무슨 꿍꿍이를 꾸밀지도 모르잖아. 내가 널 어떻게 믿겠냐고!" 라신의 말을 듣고서야 수는 겨우 진정이 되었다. 맞는 말이었다. 라신이 믿지 못하는 것은 당연했다. 반드시 그래야만 했다. 하지만 생각과는 다르게 수는 고집스럽게 라신을 흘겨보았다. 정말일까? 당신에게 달려가지나 않을까 의심을 하는 건 너무나 당연한 일인데도 어쩐지 거짓말처럼 들렸다. 더군다나 라신과 함께 있으면 평온해지고 감시가 아니라 보호를 받는 느낌마저 드는 자신이 마음에 들지 않았다. 만약 그런 마음을 꺼낼 수만 있다면 갈기갈기 찢어발겨서 불지옥에 내던지고 싶은 심정이었다. 수는 두 손으로 얼굴을 감쌌다. 손바닥 뒤집듯 하루에도 수없이 엎치락뒤치락하는 감정 때문에 미칠 것 같았다. 정말 미쳐가는 게 아닐까?

한 번만 더 보고 싶어요.

빌딩 사이로 붉은빛이 번져가는 것을 바라보며 수는 라신에게 전화를 걸었다. 납골당에 다녀오자마자 그대로 침대에 쓰러져 잠이 들었는데 깨어 보니 어느새 저녁이 지나고 있었다. 잠깐 자고 일어난 것처럼 깊은 단잠에 빠졌음에도 불구하고 수는 여전히 불안했고 가슴이 답답하게 옥죄어왔으며, 검은 휘장을 두른 것처럼 캄캄한 머릿속에는 온갖 상념이 모습을 드러내지 않은 채로 옥시글거리고 있었다. 수는 통화를 하면서도 수변을 휘둘러보았다. 어디선가 라신이 보고 있을 것만 같았다. 호텔 방에는 벌써 어스름이 내려앉아 있었다. 라신은 순순히 그러자고 했다. 삼십 분 후에 주차장으로 내려오라는 걸 보니 멀지 않은 곳에 있는가 보았다. 그러면 그렇지. 수는 한숨을 내쉬었다. 아니다. 로비 어딘가에 몸을 숨기고 있는지도 몰랐다. 그러다가 들키면 어쩌려고.

수는 침대에 앉아 시계를 멀거니 바라보다가 정확히 삼십 분이 지난 후에 주차장으로 내려갔다. 시간상으로는 전날 당신이 여자와 모텔에 들어간 때였다. 오늘도 그런다면 낭패일 텐데 다행히 클럽 사장과 미팅이 잡혀 있다고 했다. 당신의 동선은 물론이고 스케줄까지 모조리 꿰고 있는 걸로 짐작건대 라신은 당신의 주변 인물과 은밀하게 내통하고 있는 게 분명했다. 차는 테헤란로를 달리고 있었다. 내부에 감도는 침묵이 갑갑하게 느껴졌다. 수는 자꾸만 거칠어지는 숨을 입으로 천천히 내뱉으며 창밖을 바라보았다. 어둑어둑해진 하늘을 보니 마음이 급해졌다. 가방 손잡이를 움켜잡고 있는 두 손에 자꾸만 힘이 들어갔다.

라신이 차를 세운 곳은 일식집이었다. 수는 고개를 돌려 라신을 쳐다보았다. 식당은 1층짜리 독채였는데 고급스러운 외관을 보니 룸을 예약해놓았을 가능성이 높았다. 그렇다면 당신을 보기는 어려울 것이다. 라신은 별말 없이 정면만 응시하고 있었다. 언제 나올지 모르는 당신을 마냥 기다릴 태세인 건지. 답답했다. 수는 라신에게 누구의 이름으로 예약을 했고 일행들은 도착했는지 알아봐줄 수 있느냐고 물으려다가 그만두었다. 그리고 일단 차에서 내려 식당 입구를 향해 주차장을 가로질러 갔다. 바로 차를 출발시키지 않고 이편을 바라보는 라신의 시선이 느껴졌으나 수는 뒤를 돌아보지 않았다. 외려 보란 듯이 커다란 보폭으로 식당 안으로 들어섰다.

역시나, 모든 테이블이 룸으로 되어 있었다. 수는 주방장과 마주 보는 바테이블에 앉아서 따뜻한 사케와 사시미를 주문했다. 당신과 한 공간에 있다는 생각만으로도 심장이 고동치고 있었다. 무엇을 더 보고 싶은 걸까. 겨우 반나절 정도였지만 라신에게 들은 이야기와 당신의 모습은 한 치의 오차도 없었다. 미처 라신에게 듣지 못했고 아무리 쫓아다녀도 볼 수 없는 사각지대까지도 눈앞에 훤하게 그려지는 듯했다. 6년이 넘는 시간을 기다려왔지만 당신의 배신을 확인하는 데는 하루도 채 걸리지 않은 셈이었다. 하지만 견고하게 쌓아 올린 당신에 대한 기억은 한순간에 사라지지 않았다. 설령 그것이 환상이고 착각이었다 하더라도 모든 걸 잊기 위해서는 무언가가 더 필요했다. 수는 가방에서 거울을 꺼냈다. 어디를 비춰보아도 당신이 보일 리 만무했지만 수는 고개를 갸우뚱거리며 거울의 각도를 이리저리 바꾸어보았다.

그렇게 얼마나 지났을까. 갑작스레 종업원들이 부산하게 움직이는가 싶더니 고성이 오가는 소리가 들려왔다. 바테이블 너머에서 스시를 빚던 주방장도 손을 멈추고 룸이 나 있는 복도를 불안스레 쳐다보았다. 아무래도 손님끼리 소란이 벌어진 것 같았다. 수도 사케를 홀짝이면서 힐끗힐끗 뒤를 돌아보았다.

조금 있으려니 종업원이 비켜 있던 미닫이문이 거칠게 열리면서 사내 둘이 룸 밖으로 튀어나왔다. 순간적으로 중심을 잃고 비틀거리던 사내는 구두를 신는 동안에도 다른 사내의 멱살을 부여잡고 있었다. 맨발로 질질 끌려가는 사내는 다름 아닌, 바로 당신이었다.

수는 의자에 걸쳐놓았던 재킷과 가방을 황급히 집어 들었다. 바테이블에 세워두었던 거울이 요란한 소리를 내며 바닥으로 떨어졌지만 그것을 돌아볼 틈이 없었다. 수는 재킷 오른쪽 소매에만 팔을 낀 채로 가방 안을 뒤적였다. 지갑을 찾으며 계산대로 향하던 수가 거울 조각을 밟고 지나갔다. 깨어진 조각들이 구두 밑에서 와자작 소리도 없이 짓이겨졌다.

입구를 나서 보니 사내는 한쪽 구석에서 당신의 멱살을 잡고 뺨이며 귀며 머리통을 닥치는 대로 휘갈기고 있었다. 날카로우면서도 둔탁한 소리가 어둠 속에 공명을 일으켰다. 사내가 주먹을 휘두를 때마다 한 걸음 한 걸음 뒷걸음질 치던 당신이 셔츠 단추가 뜯어지는 것과 동시에 화단으로 내동댕이쳐지듯 넘어졌다. 그것만으로는 분이 풀리지 않는지 사내는 당신의 허벅지를 구둣발로 힘껏 걷어찼다. "이 새끼가 어디서 누굴 간을 봐. 죽으려고 환장했나." 당신은 화단에 머리가 박힌 타조처럼 엉덩이를 높이 든 자세로 꿈쩍도 하지 않았다. 헛웃음조차 나오지 않는 비굴하고도 처참한 광경을 멀거니 지켜보던 수에게 종업원이 살그머니 다가왔다. "저, 저기, 차로 모시겠습니다." 말을 더듬거리듯 더듬더듬 발걸음을 옮기는 종업원에게 수는 힘없이 이끌려 갔다. 심장박동이 멎어버린 것처럼 온몸이 차갑게 식어갔다. 힐끗 뒤돌아봤지만 언제나 깔끔하고 반듯했던 당신은 어디에도 없었다. 당신은 바닥에 주저앉아 "아이고, 아이고" 죽는 소리를 내다가 다시 걷어차려는 사내의 다리를 부여잡았다. 그 모습에 말로 형언할 수 없는 서글픔과 허무가 가슴속에서 일렁였다. 슬픔과는 또 다른, 교화될 수 없는 감정이었다. 당신에게 달려가 목을 끌어안고 싶은 욕망이 치솟았지만 그러지 못한 건 돌이키기에는 너무 멀리 와버렸다는 사실을 그 순간 뼛속 깊이 깨달았기 때문이었다. 그건 당신이나 수나 마찬가지였다. 유예되고 방치된 세월 속에서 서로 너무 변해버린 탓일까. 어쩌면 수는 당신을 기다리면서도 이러한 사실을 직감해왔는지 모르겠다.

수가 조수석에 올라타자 라신이 종업원에게 만 원짜리 지폐 뭉치를 팁으로 건네주었다. 그러고는 도망치듯 차를 출발시켰다. "위험하게 거기 서 있으면 어떡해?" 라신이 목소리를 높였다. 수는 자신이 실컷 얻어맞기라도 한 것처럼 정신이 얼떨떨했다. 라신은 화가 났는지 차를 거칠게 몰았다. 혼잣말로 욕설을 중얼거리며 클랙슨을 신경질적으로 눌러대기도 했다. 라신이 핸들을 꺾는 방향대로 수의 몸이 휘청휘청 흔들렸다. 그러느라 휴대폰이 울리는 줄도 몰랐나 보다. 세 번째 벨소리가 울렸을 때야 라신은 컵 홀더에 세워두었던 휴대폰을 집어 들었다. 발신자번호를 확인하니 당신이었다. 라신은 수에게 이름을 보여주고는 가까운 골목으로 꺾어 들어가 차를 정차시켰다. 그러는 사이에 벨소리가 끊어졌으나 곧바로 다시 울렸다.

라신은 능청스러운 어조로 전화를 받았다. 조금 전 모습은 온데간데없어지고 연극배우처럼 차창에 팔을 괴고 자세까지 삐딱하게 바꾸었다. 당신은 다짜고짜 한국말로 온갖 욕을 퍼부었다. 그러더니 중국말로 바꿔서도 "씨발, 넌 대체 뭐 하는 새

끼야? 일도 제대로 처리 못 해?"라고 고함을 질러댔다. 불에 데
기라도 한 듯이 귀에서 휴대폰을 떼어낸 라신이 의아하다는 듯
이 물었다. "무슨 문제라도 있나요?" 그러자 당신은 더욱 격앙
된 목소리로 말했다, "새끼야, 내가 부탁했던 거 있잖아! 그게
빠져 있더라고. 그것 때문에 내가 얼마나 곤란했는지 알아?"
어찌나 목청이 우렁우렁한지 스피커폰을 켜놓은 것 같았다. 발
을 굴러대며 길길이 날뛰는 모습이 목소리에 고스란히 담겨 있
었다. 수는 크게 숨을 몰아쉬며 고개를 절레절레 흔들었다. 이
건 당신이 아니야. 수는 당신이 이렇게까지 흥분하는 모습을
꿈에서라도 상상해본 적이 없었다.

　잠시 머뭇거리던 라신이 "아, 그거요. 그게 구하기 힘든 물건
이라……." 하면서 대화를 이어가려는 찰나 "그건 내가 알 바
아니고."라며 당신은 딱 잘라 말했다. "사흘 이내에 물건 구해
놔. 그렇지 않으면 어떻게 되는 줄 알지? 내가 매수해놓은 공안
이 몇 명인 줄 알아? 입만 뻥긋하면 너 같은 새끼들은 단박에
없애버릴 수 있어. 씨발, 당장에 사형시켜버릴 수 있다고!" 당
신은 계속해서 이죽거렸다. "썩을 대로 썩은 놈들이 나는 함부
로 건드리지 못할 테고, 뭐 잘못돼봐야 감방에서 몇 년 썩다가

나오기밖에 더 하겠어? 너 같은 새끼는 나랑 근본적으로 달라. 알아들어? 잘못되면 네 어미랑 여동생도……." 표정 하나 흐트러지지 않고 묵묵히 듣고 있던 라신이 당신의 말을 가로막았다. "일주일. 일주일 후에 허페이시, 그곳에서 세시에 뵙죠." "일주일? 좋아. 이번에도 문제 생기면 뒈질 줄 알아." 그러더니 당신은 빈정거리는 말투로 "아, 참! 그리고 그 일은 어떻게 된 거야? 늦장 부리면 네 돈만 까이는 거야. 매번 봐주니까, 씨발. 좆도 아닌 버러지 같은 새끼!"라고 하고는 일방적으로 전화를 끊었다.

사랑은 착란이었다.

그것에서 깨어나는 순간 환각제의 약효가 다한 것처럼 비루하고 속된 현실과 마주하게 될 뿐이었다. 사랑이 주는 쾌락보다 더한 것은 없으니까. 마치 쌍생아처럼 슬픔과 고통을 수반한다 해도 그마저도 환희와 기쁨의 다른 말인 것이다. 그래서 사람들은 중독자처럼 외로움에 몸부림치며 끝없이 사랑을 그리고 또 그리워하는가 보다.

"그만 가요." 휴대폰을 움켜쥔 채로 굳어 있는 라신에게 수가 말했다. 혼이 나갔다가 그제야 돌아온 것처럼 라신은 눈을 한 번 크게 끔뻑이고는 핸드브레이크를 내렸다. 그동안 라신이 당신에게 품었던 감정이 어떤 건지 어렴풋하게나마 알 것 같았다. 무엇 때문에 망설이고 주저했는지도. 수는 처음으로 라신에게 인간적인 연민을 느꼈다. 그러면서 한편으로는 원망하는 마음도 생겼다. 차라리 몰랐으면 좋았을 것을. "내일 중국으로 돌아가요." 수의 말에 라신은 낮고 갈라진 음성으로 "그래."라고 짤막하게 대답했다. 수는 마치 당신에게 이별을 고한 것처럼 가슴이 미어져왔다.

호텔에 당도할 때까지 '그 일'에 대해서는 서로 한마디도 나누지 않았다.

15

수는 뜬눈으로 밤을 지새웠다. 특별히 괴롭거나 슬퍼서는 아니었다. 심증으로만 느꼈던 불길한 예감이 실제로 다가오자 수심을 알 수 없는 깊은 물속으로 침잠해 들어가는 기분이었다. 아무런 소리도 들리지 않고 아무것도 떠오르지 않았다. 수는 무서우리만치 고요해진 머릿속을 가만히 들여다보았다. 왜 알아보지 못했을까. 생각해보니 당신이 불법을 자행하고 다른 여자들과 잠자리를 하고 비굴한 모습을 보였다는 것이 놀랍고 실망스러웠던 건 사실이었다. 그렇지만 마음을 움직이는 데 그것이 결정적인 문제로 작용한 건 아니었다. 사랑할 만한 사람을 사랑하는 것은 지극히 당연하고 자연스러운 일이지만 누구도 사랑할 수 없는 모습에도 이끌리는 것이 사랑이 지닌 모순적이며 신비스러운 속성이기 때문이었다. 당신은 이제 수가 떠올릴 수 있는 존재가 아니었다. 일치가 아닌 분리의 상태로 당신을 인식하는 것은, 애초에 불가능하고 무의미한 일이었다는 것도 이제야 조금 알 것 같았다. 수는 몸을 이리저리 뒤채며 날이 새기만을 기다렸다. 더 이상 이곳에 머무르고 싶은 마음도, 그럴 만한 이유도 존재하지 않았다.

아마 다시는 볼 수 없겠지.

동이 트기도 전에 수는 호텔을 나섰다. 커피 생각이 간절했지만 로비에 있는 카페가 문을 열기에는 이른 시간이었다. 공항버스터미널에서 표를 끊고 버스에 올라탔을 때에야 박명이 아슴푸레 번져오고 있었다. 버스가 출발하기를 기다리며 까무룩 잠이 들었나 본데 짧으면서도 너무나 선명한 꿈의 한 조각에 심장이 찔린 듯, 수는 날카로운 통증에 눈이 번쩍 뜨였다. 룸미러 옆에 걸려 있는 디지털시계를 보니 고작해야 사 분밖에 지나지 않았다. 버스는 시동이 걸려 있었지만 운전석은 비어 있었다. 기사는 보이지 않았다. 수는 등받이에 몸을 깊숙이 묻고 꿈을 반추해보았다. 자신의 얼굴을 향해 떨어지는 사내의 눈동자가 점점 커지는 장면에서 잠이 깼는데 집어삼킬 듯이 무섭게 달려드는 동공은 여전히 눈앞에 남아 있었다. 수는 눈을 질끈 감은 채로 체머리를 흔들었다.

딱히 내용이 있는 건 아니었다. 꿈속에서 어떤 사내가 세계 금융센터에 버금가는 높은 빌딩 꼭대기에서 몸을 날렸는데 꿈에서는 미처 눈치채지 못했지만 아무래도 환각상태인 것 같았다. 길을 가던 시민들이 걸음을 멈추고 위를 올려다보았다. 사내는 비명을 지르는 대신 양팔을 좌우로 활짝 펼치며 "버드, 버드"를 외치고 있었다. 커다란 입이 찢어져라 웃고 있었다. 자신이 빌딩에서 추락하는 것이 아니라 새처럼 날고 있다고 착각하는 모양이었다. 당신을 무차별하게 때린 사내와 전혀 닮지 않았는데도 꿈속에서 왜 그 사내라고 생각했는지 수는 의아했다. 사실상 얼굴도 기억나지 않으면서 말이다. 멀리서 당신의 모습이 설핏 지나쳐 간 것 같았다. 수많은 인파를 헤치며 당신을 찾던 수는 소름끼치는 웃음소리에 다시 고개를 들어보았다. 그런데 사내가 자신의 얼굴을 향해 정통으로 떨어지고 있는 게 아닌가. 수를 똑바로 노려보며 다가오는 눈동자가 괴수의 아가리처럼 여겨졌다. 동공에 삐죽빼죽한 이빨도 나 있었다. 수는 얼어붙은 듯 제자리에서 사내를 올려다보고만 있었다. 도망쳐야 한다는 생각조차 들지 않았다. 사내는 수의 얼굴을 덮쳐오는 순간까지도 "버드, 버드"를 외치고 있었다. 블랙홀 같은 시커먼 동공으로 빨려 들어가면서 코끼리 상아처럼 커다랗고 날카롭게 솟아 있는 송곳니가 심장에 박히기라도 한 것처럼 수는 아직도 명치께가 얼얼했다.

죽는 순간에 자신을 새라고 착각한 사내는 행복했을까.
모두가 미친 사람이라 손가락질하고 동정조차 받지 못할 죽음일 텐데.

수는 자주 휴대폰을 만지작거렸다. 인천공항에 도착할 때까지 라신은 연락이 없었다. 이제는 감시할 필요가 없어졌단 말인가. 쳇! 당연한 일인데도 섭섭한 기분이 들었다. 비행기에서 내리자마자 곧바로 휴대폰을 켰는데도 부재중전화는 와 있지 않았다. 기차를 타고 집으로 가는 동안 라신의 모습이 창가에 어른거렸다. 이대로 연락이 끊겨버리는 건 아닌지 내심 불안하기도 했다. 전날 보았던 상태로는 수가 어떠한 결정을 내리든 간에 당신에게 당하고만 있을 것 같지 않았다. 당신을 해하려는 것도 돈과는 별개의 문제일지 모르겠다. 라신은 어딘가 지쳐 보였고 회의감에 젖어 있는 듯했다. 그런 걸 알아주지 못하는 당신이 참으로 어리석고 바보처럼 여겨졌다. 끊임없이 쫓기고 무언가에 도취되어 있느라 다른 사람의 입장은 돌아볼 겨를이 없다고 하더라도 말이다. 그건 수에게도 마찬가지였다.

당신을 죽이고 나면 라신은 행복할까. 당장은 편하고 후련해질지 모르겠지만 또다시 모멸감과 위협을 가하는 상대가 나타나지는 않을까. 라신의 삶을 무겁게 만드는 것이 과연 당신뿐일까. 그것이 또 다른 약점이 되지는 않을까. 내면에서 갖가지 의문들이 꼬리에 꼬리를 물었지만 라신에 관한 질문들도 결국은 자신을 향해 있다는 것을 수는 깨달았다.

당신을 잊을 수 있을까.
애초에 만나지 않았던 것처럼.

라신에게는 가능한 일인지 모르겠다. 하지만 수는 글쎄…….

쉽게 답을 내릴 수가 없었다. 이대로 당신과 헤어진다고 하더

라도 라신을 알게 된 이상 당신을 깨끗하게 지워버릴 자신이

없기 때문이었다. 살인에 동조하게 된다면 언제나 죄책감과 당

신의 환영에 시달리게 될 테고, 헤어짐을 선택한다 해도 당신

의 안위가 걱정되고 불안해질 게 분명했다. 만약 당신이 세상

에서 사라져버린다면 그러한 사실만으로도 뇌리에 더욱 깊이

각인될 것은 너무도 자명한 일이었다. 머릿속에 당신의 비석을

세워놓고 하루에도 몇 번씩 그곳을 서성이게 될지도 몰랐다.

수는 당신이라는 그림자에서 자유로워질 방법이 떠오르지 않

았다. 예전처럼 당신을 기다릴 수도 없는데……. 답답한 노릇

이었다.

라신, 그를 만나지 말았어야 했다. 그보다 쯔메이를 만나지

않았다면. 그랬다면 사랑이라는 환각제에 취한 채로 행복하게

죽음을 맞이할 수 있었을 텐데. 아니, 차라리 당신을……. 수는

생각을 채 맺지 못하고 한숨을 내쉬었다. 우연처럼 맺어진 인

연의 고리들이 결국 운명을 만들고 있었다.

라신은 왜 연락이 없는 걸까.

집에 돌아오자마자 수는 청소를 하기 시작했다. 고작해야 사흘 비웠을 뿐인데도 집 안 곳곳에 먼지가 뽀얗게 내려앉아 있었고 공기도 탁해졌다. 어디선가 쓰레기 냄새가 풍기는 것도 같았다. 고여 있는 것은 썩기 마련이라지만 집에만 있느라 악취가 나는 걸 알아차리지 못한 것일 수도 있었다. 수는 창문을 활짝 열어젖히고 가스레인지에 설치된 후드까지 틀었다. 그동안 황사를 핑계로 환기를 제대로 시키지 않은 터였다. 걸레질을 하는 와중에도 수는 휴대폰을 놓지 않았다. 라신의 전화를 기다리면서도 한편으로는 전화가 오지 않기를 바라고 있었다.

당신을 보고 난 후에 수는 몇 가지 다짐한 것이 있었다. 그것이 뜬금없는 망상으로 끝날 수도 있고 계획대로 이루어진다는 보장도 없었지만 현관문을 여는 순간 결심을 굳혔다. 그건 이성적인 판단이 아니라 본능적인 속삭임에 따른 거였다.

집 안이 낯설게 느껴진 건 그토록 그리워하던 한국에 다녀와서는 아니었다. 이곳에서 지내던 세월들이 비현실적으로 느껴졌다. 한 일이라고는 당신을 기다리는 것밖에 없었는데…….

다른 건 모두 기다림을 견뎌내기 위한 부차적인 것에 불과했다. 그토록 지긋지긋해하던 기다림이 끝났는데도 수는 혼자였고 동시에 모든 것이 의미를 잃었다. 수는 창틀과 욕실 거울까지 꼼꼼하게 닦아낸 후에 당신의 물건을 모아둔 박스를 소각장에 내어놓았다. 정성스럽게 정리해놓은 것이 무색하게도 옷가지와 물건들을 불길 속으로 하나씩 내던지는데 메마른 줄 알았던 눈물샘에서 물이 흘러내렸다. 연기 때문인지도 몰랐으나 마음속이 텅 비면서 공허감이 느껴졌고 망자를 대할 때처럼 문득 쓸쓸해졌다. 수는 마지막으로 결혼반지를 불길 속으로 던졌다. 이제 당신의 흔적은 여기에 없었다. 뿐만 아니라 하루도 빠짐없이 당신을 그리워하며 애틋한 기억을 떠올렸던 수에게도 남아 있는 희망은 없었다.

수는 식탁에 앉아 쯔메이에게 편지를 썼다. 중국어로 대화는 가능했으나 글자를 써본 적이 별로 없었던 터라 한중사전을 펼쳐놓고도 몇 번이나 찢고 다시 쓰기를 반복해야 했다. 구겨진 종이뭉치들 옆에는 마트료시카 인형이 다소곳이 놓여 있었다.

라신에게서 전화가 조금만 늦게 걸려왔다면 편지를 또다시 고쳐 썼을지도 모르겠다. 별로 바뀌는 내용도 없으면서 볼 때마다 거슬리는 문장이나 글자가 꼭 하나씩 발견되었다. 글씨체도 마음에 들지 않았다. 아무리 사전을 찾아가며 쓴다 해도 문자가 낯설다 보니 별수 없이 조금은 어색하고 경직된 표현이 나올 수밖에 없었다. 어쨌거나 수가 볼펜 꼭지를 입에 문 채로 편지를 읽고 있을 때 휴대폰 벨이 울렸다. 집에 도착한 지 이틀이 지난 후였다. 수는 벨소리를 듣자마자 찰나적으로 당신일지 모른다는 생각을 했다. 웃긴 일이었다. 당신이 사준 휴대폰도 소각장 불길 속으로 던져버렸는데 말이다. 라신은 막 잠에서 깨어난 듯한 목소리로 "잘 도착했어?"라고 물었다. 수는 치, 하고 장난스레 코웃음을 쳤다. 그러는 자신이 너무 멍청이 같고 우습기도 했다. "빨리도 물어보시네요. 이제 온 거예요?" 그러자 라신이 웃음을 섞어 "음." 하고 대답했다. 언제나 냉랭하게 대해왔던 것과는 달리 친근하게 건네는 말투에 당황한 기색이었지만 외려 기분 좋아하는 눈치였다. 흡사 오래된 친구 사이나 투정 부리는 연인처럼 여겨졌을 수도 있겠다.

수는 라신이 자신에게 갖고 있는 감정이 호감 그 이상이라는 것을 알고 있었다. 가볍게 툭툭 던진 고백이 아니더라도 눈빛과 행동을 보면 직감적으로 알 수 있는 것이었다. 수도 그런 라신이 싫지만은 않았다. 차갑게 밀쳐냈던 것도 자꾸만 기울어지는 마음이 두려웠기 때문이었다. 그래서 수는 더욱 다정한 목소리로 "피곤하겠다. 좀 쉬었어요?"라고 물으면서도 마음이 아렸다.

하지만 어쩔 수가 없었다.

통화를 마치고도 수는 착잡한 마음을 감출 수 없었다. 당신에게 연기하는 모습을 보여줄 정도로 솔직하게 다가온 라신 앞에서 이제 수가 연기를 하고 있는 꼴이었다. 이것이 당신을 마지막까지 사랑하는 방법인지 아니면 늪과 같은 진창에서 구르다가 스스로를 파멸하게 만드는 복수가 될지는 장담할 수 없지만, 수는 자신의 선택이 최선이라고 속으로 되뇌고 또 되뇌었다. 미쳤다고 손가락질해도 상관없었다. 사랑이라는 환각이 조금이라도 남아 있을 때 생을 마감하고 싶을 뿐이었다. 시간이 얼마 남아 있지 않았다.

다음 날 수는 일찍 작업실에 도착했다. 철문을 열자 여자들이 시끄럽게 수다 떠는 소리가 들리는 듯했다. 만약 지금 망설인다면 여자들보다 한층 소리를 높여 남을 헐뜯고 질투하고 웃기지도 않은 음담패설이나 늘어놓다가 그로 인해 더욱 외로워지는 삶을 살게 될지도 모를 일이었다. 새로운 사랑은 꿈도 꾸지 못하고 말이다. 그것도 비밀이 없을 때나 가능한 일이었다. 누구에게도 털어놓지 못하는 상처와 죄책감으로 작은 기척에도 발톱을 곤두세우는 자신의 모습이 눈앞에 선했다. 그렇게 하루하루를 탕진하면서 죽음을 기다리고 싶지는 않았다.

　수는 작업실 벽면을 따라 휘발유를 뿌리고 사이사이 둥글고 납작한 초를 세워놓았다. 라신은 한 시간 후에 이곳으로 올 것이다. 수는 테이블 위에도 초를 세워놓고 와인과 도시락으로 파티 분위기를 연출했다. 양고기와 해산물냉채, 다진 새우를 넣은 가지튀김, 라신이 좋아하는 토마토계란볶음밥에 유자와 화용과까지 늘어놓으니 꽤 그럴듯한 만찬이 되었다. 밤새 새우 껍질을 까고 기름내를 맡으면서 수는 정말 파티를 준비하는 것처럼 정성을 다했다. 라신에게는 저녁이나 먹으면서 이야기하자고 해놓은 터였다. 아마도 당신에 대한 '그 일'을 의논하기 위해 부른 것이라 여길 것이다. 암묵적으로 동의한 것이 되었지만 최소한 방법적인 것은 서로 알아야 할 테니까.

예상했던 대로 라신은 눈이 휘둥그레졌다. 성식으로 작업실에 들어와본 것도 처음일 것이다. 쯔메이에게 린치를 가했을 때조차 문지방만 겨우 밟았을 뿐이었다. 라신은 계면쩍은 표정을 지으며 자리에 앉았다. 마지막이 될 테니 서두를 필요는 없었다. 수는 라신에게 미소를 지어 보이며 거푸 와인만 마셔댔다. 멋쩍어하면서도 맛있게 먹는 라신에게 미안한 마음도 들었지만 다른 사람의 삶에 함부로 끼어든 죄라고 수는 속엣말을 중얼거렸다. 어쩌면 라신도 차가운 감옥보다는 마지막 만찬을 즐기고 눈을 감는 것이 낫지 않을까. 지리멸렬한 삶의 굴레에서 자유로워질 수 있는 방법이 달리 없을 테니.

어느 정도 취기가 올랐을 적에 수가 먼저 운을 뗐다. "그래서 약은 구했어요?" 라신은 고개를 살짝 가로저으며 "그러면 그 자식과 만나는 게 들킬 수도 있잖아."라고 답했다. 남편이라는 단어가 '그 자식'으로 바뀌어 있는 게 거슬리긴 했지만 아무래도 상관없었다. 수는 라신의 눈치를 살피며 촛불을 켜야 할 기회를 엿보고 있었다. "3일 남았네요." 수가 차분하게 말을 이었다. "이제라도 알게 해줘서 고마워요." 그건 거짓말이었다. 당신의 실체 따위는 모르는 편이 나았다. 오히려 그것을 알려준 라신이 원망스러웠다. 누군가에 대해 많이 아는 것과 사랑은 별개의 문제이니까. 수는 자연스레 자리에서 일어났다. 라신이 놀란 눈빛으로 쳐다봤지만 수는 유유히, 아주 조심스럽게 초마다 불을 붙였다. 마지막으로 테이블 중앙에 놓여 있는 초에 불꽃이 봉긋하게 솟아오르자 라신은 마치 생일상을 받는 아이처럼 수줍으면서도 환한 표정이 되었다.

수는 작업실 전등 스위치를 내리고 자리에 돌아와 앉았다. 아스라이 흔들리는 촛불에 라신의 유난히 검고 커다란 눈동자가 촉촉하게 빛나고 있었다. "앞으로 어떻게 살 거예요?" 그러자 라신은 촛불에 시선을 고정한 채로 "아직은 모르겠어."라고 담담하게 말했다. 거기에는 어렴풋한 절망과 무력감이 깃들어 있었다. 수는 기다렸다는 듯이 대사를 읊었다. "저와 함께 떠날래요?" 그 말이 끝나기가 무섭게 라신이 눈동자를 들어 수를 바라보았다. 깊게 일렁이는 슬픔이 엿보여 수는 황급히 고개를 돌렸다. 최면에 걸리듯 눈동자에 홀려 모든 것을 솔직하게 털어놓을지도 모르는 일이었다. 당신을 기다리는 일에는 익숙해졌지만 라신이 없으면 불안하고 고통스러워질 거라는 것도 수는 알고 있었다. 아무리 밀쳐내려 해도 라신에게 의지하고 있다는 것도 부인할 수 없는 사실이었다.

질문에 화답이라도 하듯 라신은 의자에서 일어나 수의 앞에 무릎을 꿇고 앉았다. 그러고는 허벅지에 놓여 있는 수의 손을 잡아 자신의 얼굴에 가져다 댔다. 손바닥에서 물기가 느껴졌다. "응, 그러고 싶어. 그렇지만……" 목소리가 떨리고 있었다. 거기서 그만, 수는 연극을 멈추고 말았다. 라신이 다음 말을 잇지 않았는데도 그가 지닌 두려움과 간절함이 심장에 절절하게 와 닿는 것 같았다. 수는 양손으로 라신의 얼굴을 감싸주었다. 손길을 따라 고개를 든 라신은 수의 팔을 끌어내리며 그녀의 입술에 자신의 입술을 포갰다. 건조하게 갈라져 있는 촉감과 함께 따뜻한 기운이 전해졌다. 수는 눈을 감으며 목과 허리를 감싸오는 라신에게 쓰러지듯 안겼다. 수를 바닥에 눕히고 이

마와 콧날, 인중에 조심스럽게 입을 맞춘 라신은 한 손으로 수
의 뒷머리를 받쳐주고 다른 한 손으로는 상의를 끌어올리며 격
렬하게 키스를 퍼붓기 시작했다. 다리가 서로 뒤엉켰고 몸짓이
점점 거세졌다. 수의 허리가 활처럼 휘어지자 라신이 가슴골에
얼굴을 묻었다. 몸이 테이블에 몇 번 맞부딪히는가 싶더니 와
인병이 쓰러지며 불길이 치솟았다가 사그라졌다. 촛불이 넘어
지면서 순간적으로 와인에 불이 붙은 모양이었다. 수는 고개를
뒤로 젖힌 채로 사방에 둘러져 있는 초를 바라보았다. 한쪽으
로 길게 촛농을 늘어뜨리고 있는 초의 심지가 거의 타들어가고
있었다. 수는 퀼트마다 연결시켜놓은 실을 따라 시선을 옮겼
다. 쯔메이가 말했던 인연의 끈처럼 늘어뜨린 실과 실을 연결
시켜 불길을 만들어놓은 터였다.

　이제 모든 건 끝났다.

　열기에 놀란 라신이 상체를 벌떡 일으켰으나 이미 벽을 따라
불길이 무서운 속도로 번지고 있었다. 라신은 수를 일으키려고
했다. 하지만 수는 저지하듯 라신의 팔뚝을 붙잡았다. 눈동자

에서 어떤 전언을 읽었을까. 갑자기 라신이 수의 뺨을 후려쳤다. "너, 너⋯⋯ 왜 이런." 불길 때문인지 눈동자에 분노가 일렁이는 것 같았다. 수는 한 손으로 뺨을 감싸고 라신을 바라보았다. 변명이라도 하고 싶었지만 입만 벙긋 벌어질 뿐, 어떤 소리도 뱉어낼 수가 없었다. 라신은 테이블을 짚고 일어서 테이블에 엎어져 있는 와인병을 집어 들었다. 그러고는 수의 입에 쑤셔 넣을 기세로 병을 들이밀었다. "좀 마셔봐." 영문도 모른 채 수는 억지로 와인을 들이켰다. 그러는 동안 라신은 정신없이 옷을 주워 들더니 수의 몸을 감싸주었다. "뜨거울 거야." 마음만 먹으면 지금이라도 불길을 뚫고 도망갈 수 있을 것이다. 차라리 그러라고 소리치고 싶었다. 지금 당한 배신과 분노는 당신을 없애는 데 더욱 박차를 가하게 해줄 것이다. 아무런 망설임도 죄책감도 없이. 수는 고개를 돌려 철문을 바라보았다. 철문에만 불길이 오르지 않고 있었다. 휘발유를 적신 실들로 퀼트를 이어놓은 벽과는 달리 불이 옮겨 붙을 만한 것이 없는 탓이었다. 불찰이었다. 이글이글 붉게 타오르는 화염 너머에 덩그러니 서 있는 철문이 마치 비상구처럼 여겨졌다. 수없이 드나들었으면서 철문이 청록색이었다는 것을 이제야 알아차리

다니. 패딩 여자가 녹이 슨 개폐기를 꽝꽝, 꽝 쳐대며 제발 좀 바꾸라고 했던 기억이 갈대숲에 부는 바람처럼 뇌리를 스쳐 갔다. 저 철문을 나서면 새로운 삶이 기다리고 있다는 것도 수는 모르지 않았다. 당신을 기다리던 지리멸렬했던 6년이라는 세월도 생각해보면 인생에서 짧은 순간일 수 있었다. 하지만 수는 옴짝달싹하지 않았다. 오히려 아무렇지도 않게 될까 봐 두려웠다. 모든 것을 태워버려도 사라지지 않는 것이 있다. 돌이킬 수 없는데 잊히지도 않는 것들. 그 망령들. 정말 싫다고, 난! 수는 어깨를 옹송그리며 진저리쳤다. 정말 미쳤나. 하지만 미치지 않고서 어떻게 사랑을 말할 수 있을까.

라신이 철문을 돌아보며 주먹을 움켜쥐었다. 망설이고 있는 것 같았다. 이제라도 불길을 뚫고 나간다면 붙잡지 않을 작정이었다. 하지만 곧 수에게 다가와 어깨를 끌어안았다. "아주 잠깐이었지만 네가 나를 사랑하는 줄 알았어." 라신은 품에서 수를 떼어내더니 다시 바닥에 눕혔다. 수는 포대기를 두른 갓난아이처럼 온몸에 힘을 빼고 라신이 하는 대로 내버려두었다. 어쩌면 라신의 말이 맞는지도 모르겠다.

수의 눈을 가만히 들여다보던 라신이 갑자기 턱밑에 엄지

를 대고 수의 목을 조르기 시작했다. "이런 빌어먹을." 이제 벽
면을 타고 천장까지 불길이 번져갔고 라신의 얼굴에서 눈물인
지 땀인지 모를 물기가 흘러내리고 있었다. 점점 숨이 막혀오
면서 눈앞이 흐려졌다. 붉어지는 얼굴과 탄탄한 가슴과 팔뚝에
불거진 힘줄을 보고 있자니 어쩐지 미안하고 고마운 마음이 늘
었다. 뜨거웠다. 너무나 뜨거웠다. 정말 사랑인가. 끝까지 속였
으면 좋았을 것을. 입이 벌어지면서 저절로 눈이 감겼다. 마지
막으로 당신의 얼굴을 떠올리고 싶었지만 기억이 나지 않았다.
동물처럼 울부짖는 소리가 귓가에서 멀어지고 있었다.

에필로그

　세상을 노랗게 물들이며 3일 동안 줄기차게 내리던 빗줄기가 서서히 잦아들 무렵 쯔메이는 창 너머로 하얀 배꽃이 흐드러지게 피어 있는 은산을 바라보고 있었다. 열차에서 내리자 비 냄새와 뒤섞인 유채꽃 향기가 코끝을 자극했다. 차양에 서서 팔을 뻗어보던 쯔메이는 접이우산을 가방에 집어넣고 정류장까지 내달렸다. 줄기가 약해진 비가 눈에 띄지 않을 정도로 점점이 흩뿌리더니 쯔메이가 황금색 벌판을 지나 티엔즈팡에 도착했을 때는 하늘이 완전히 개어 있었다. 물웅덩이를 밟으며 참방참방 걸어가던 쯔메이가 멈춰 서서 "안녕하세요?"라고 명랑한 말투로 인사를 건넸다. 그러자 상점 안쪽에 있던 한 디자이너가 반색하며 입구까지 뛰어나왔다. "어머! 이게 누구야? 못 보는 동안 더 예뻐졌네." 한 디자이너는 맞잡은 손등을 연신 어루만지며 "그동안 어떻게 지냈어? 수는 잘 있지?" 하고 물었다. 쯔메이는 미소를 머금은 채로 고개를 끄덕였다.

쯔메이가 돌아온 건 작업실과 들판이 모두 타버린 뒤였다.

형체조차 알아볼 수 없을 정도로 까맣게 타버린 작업실을 바라보면서 쯔메이는 입을 다물지 못했다. 겨우 새어 나온 말이 "선생님⋯⋯."이었으니. 쯔메이는 한달음에 수가 살던 집까지 달려갔다. 아무리 초인종을 눌러도 인기척이 없기에 마음이 다급해진 쯔메이는 마트료시카 인형에 달려 있는 열쇠로 현관문을 따고 들어갔다. 사실 쯔메이가 돌아오게 된 것도 수에게 선물로 주었던 마트료시카 인형을 사찰에서 발견했기 때문이었다.

한동안 가지 않다가 심상한 기분에 우연히 들러본 거였다. 쯔메이는 사찰을 둘러보기 전에 뒤꼍으로 돌아가 툇마루에 걸터앉았다. 아직 꽃을 피우지 않은 동백나무를 바라보는데 어찌

된 일인지 머릿속에 반짝 불이 켜지듯 라신이라는 이름이 떠올랐다. 동시에 옅은 미소가 지어졌다. 언제나 자신을 기다리던 모습과 선하게 웃던 눈빛이 가끔 그리워지긴 했지만 떠나온 건 잘한 일이라고 쯔메이는 스스로를 다독였다. 그러면서 쯔메이는 버릇처럼 옆구리를 감쌌다. 마음이 아파올라치면 이상하게도 지네 모양으로 남은 흉터 부위가 욱신거렸다. 비가 오거나 몸이 좋지 않을 때도 마찬가지였다. 우습게 들릴지 모르겠지만 그래서 외로우면서도 외롭지 않았다.

라신과는 아무래도 인연은 아니었던 것 같았다. 라신을 집에 들인 것도 수에게 보여줄 손뜨개 소품들을 만드느라 데이트를 즐길 여유가 없어서였다. 불쑥 찾아오는 라신이 좋으면서도 조금씩 부담스럽게 여겨지던 참이기도 했다. 쯔메이는 연애보다 수에게 인정받고 싶은 욕구가 컸다. 결과적으로 그보다 훨씬 커다란 실망감과 상처를 안겨주게 되었지만. 쯔메이는 라신이 너무나 원망스럽고 모든 잘못을 그에게 돌리고 싶었다. 그래서 떠나온 것이다. 현관문 밖으로 새어 나오던 울음소리를 단 하루도 잊은 적이 없었다. 그래서 쯔메이는 날마다 마음이 아팠고 그때마다 옆구리를 움켜쥐었다.

한참을 툇마루에 앉아 있던 쯔메이는 분향소 방향으로 걸음을 옮겼다. 그러다가 영가연등 가운데에서 등표 대신 매달려 있는 마트료시카 인형을 보게 된 것이다. "아아, 이럴 수가." 끄트머리에 늘어뜨린 빨간색 실에는 아파트 열쇠가 묶여 있었다. 그것을 보자마자 쯔메이는 와락 울음부터 터뜨렸다.

그런데 집 안이 텅 비어 있다니.

쯔메이는 머리가 어지러웠다. 아무리 기억을 더듬어봐도 수가 갈 만한 곳이 생각나지 않았다. 아파트 주변과 식당과 상점을 모두 돌아보았지만 수를 보았다는 사람은 아무도 없었다. 쯔메이는 허탈한 마음으로 다시 집으로 돌아왔다. 어디 외출을 하셨겠지, 라고 아무리 혼잣말을 중얼거려도 불길한 예감이 사그라지지 않았다. 수가 창문을 열어두었지만 빈집에서 풍기는 음습한 기운까지 감출 수는 없었나 보다. 불안한 마음으로 거실을 서성대던 쯔메이는 그제야 자신이 두고 간 배낭 옆에 놓여 있는 편지를 보게 되었다. 쯔메이는 서둘러 편지를 펼쳐보았다.

쓰메이, 예전에 말한 대로 남편과 함께 한국으로 돌아가게 되었어요. 마지막 인사를 이렇게 남기게 되어 유감이지만 나는 쓰메이가 돌아와서 이 편지를 읽고 있으리라 믿어요. 마음에 드는 거처가 마련될 때까지 여기서 지내주었으면 좋겠어요. 한 디자이너에게는 잘 말해놨으니 일도 하면서 예전처럼 밝고 예쁘게 지내줘요. 쓰메이라면 잘해낼 수 있을 거예요. 참, 옷장에 있는 옷들과 물건들은 모두 가져도 좋아요. 그렇게 해준다면 오히려 내가 기쁠 것 같아요. 함께 있는 동안 고맙다는 말을 하지 못했네요. 그리고 미안해요. 한번 맺어진 인연은 헤어져도 헤어진 것이 아니니까.

—당신의 수

쓰메이는 편지를 가슴에 꼭 끌어안으며 안도의 한숨을 내쉬었다. 그러나 한 가지 걱정스러운 것은 수가 작업실이 타버린 것을 모르고 있다는 사실이었다. 쓰메이는 일을 열심히 해서 작업실부터 꾸며놓아야겠다고 다짐했다. 이곳에서 지낸 세월들이 아름답게 기억될 수 있도록. 그러려면 약간의 거짓말이 필요하겠지만 그렇게 해서라도 수가 모르게 할 참이었다. 영영.

작가의 말

창문을 닫았다. 눈이 내리지 않았지만 나는 속절없이 녹아버린 세월에 대해 생각했다. 몇몇 사람이 스쳐 갔고 언제나 같은 자리에서 시린 발을 동동 굴러대던 나도 서서히 떠날 채비를 하고 있었다. 그래야만 할 것 같았다.

거기에는 얼어붙은 말이 있었다. 날선 모서리를 번뜩이며.

그렇게 혼자이기를 자청한 내게 '로맨스'라는 화두가 난제처럼 여겨졌지만 흘러간 노래를 흥얼거리며 사랑을 그리고 또 그리워하는 동안 계절이 바뀌고 있었다. 그것만으로도 고마운 일이었다. 다행이다. 소설이 곁에 있어줘서.

그래서 견딜 수 있는 나날이었다.

특별하고 새로운 사랑이 아닐 수 있다. 낭만과도 거리가 멀다. 다만 마지막 책장을 덮었을 때 가만히 고개를 돌려보기를 바란다. 그곳에 아무런 흔적이 남아 있지 않더라도 알아차릴 수 있을 것이다. 바람이 멈추고 심장이 뛰었던 자리. 그곳에 누군가가 머물렀던 기억. 이제는 잃어버렸다고 혹은 오래전에 잊었다고 생각한 시간을 잠시나마 돌아볼 수 있다면. 그것이 내가 아주 사적인 고백과 거짓말을 들려준 이유이기도 하다.

최초의 독자가 되어준 나의 동반자 S와,
사랑하는 가족들에게 이 책을 바친다.

2016년 8월 달밤에
이지영

ROMAN COLLECTION 007

아주 사적인 고백과 서릿밀

초판 1쇄 인쇄 2016년 8월 22일
초판 1쇄 발행 2016년 8월 26일

지은이 이지영
펴낸이 이수철
주 간 하지순
편 집 정사라, 최장욱
마케팅 정범용
관 리 전수연

펴낸곳 나무옆의자
출판등록 제396-2013-000037호
주소 (03970)서울시 마포구 성미산로1길 67 다산빌딩 301호
전화 02) 790-6630 팩스 02) 718-5752

페이스북 www.facebook.com/namubench9
인쇄 제본 현문자현 종이 월드페이퍼

ISBN 979-11-86748-70-1 04810
ISBN 979-11-86748-04-6 04810 (세트)